나의 리틀 포레스트

나의 리틀 포레스트

글 / 박영규 · 그림 / 윤의진

야옹서가

목차

목차

1

인연의 시작

50대가 될 때까지 고양이 종족과는 무관하게 살았다. 우연히 마주친 적은 있었겠지만 별 관심이 없었다. 고양이 하면 에드거 앨런 포의 소설 《검은 고양이》나 가요 <검은 고양이 네로>를 떠올리는 게 전부였던 내가 야옹이와 얽혀 고양이 집사까지 될 줄은 몰랐다.

인연은 5년 전 마곡 지구로 이사하며 시작됐다. "우리도 넓은 아파트에서 한번 살아 보자"며 달달 볶는 큰딸 때문에 이사할 집을 알아보다, 운 좋게 미분양 아파트에 당첨된 것이다. 김포공항 옆 마밭을 갈아엎고 개발한 신도시여서 이름도 마곡 지구였다.

마곡 지구는 길고양이가 살기 좋은 조건을 두루 갖췄다. 일단 주차장이 지하에 있다. 택배 차량 말고는 지상으로 다니는 차가 없어 길고양이가 로드킬 걱정 없이 다닐 수 있었다.

조경도 잘돼 있어 고양이가 좋아할 만했다. 단지 앞 마로니에나무는 여름이면 시원한 그늘을 선사했고, 생태연못은 야생동물들을 위한 샘터가 되어 주었다. 화단에는 누군가 갖다 놓은 길고양이 집도 있었다. 지붕에는 '같이 살아요' '고양이 민박' 등의 재치 있는 글귀를 붙여 임자를 알렸다. 고양이들도 제 것인 줄 아는지 제법 잘 활용하는 듯했다. 모란꽃이나 영산홍이 흐드러지게 핀 봄날, 화단에서 느긋하게 망중한을 즐기는 고양이를 보면 천국이 따로 없었다. 여기야말로 고양이를 위한 공원, 마곡묘원(麻谷猫園)이었다.

큰딸이 고양이와 인연을 맺은 것도 이렇듯 고양이 친화적인 환경 덕분이었다. 개체 수가 많다 보니 딸의 눈에 쉽게 띄었을 테고, 그중에서도 우리 동을 근거지로 삼은 야옹이의 엄마와 먼저 눈도장을 찍은 것이다.

2

집 앞에서 행방불명

큰딸이 야옹이 엄마를 처음 만난 것은 2016년이다. 대학 졸업도 미루고 취업 준비에 매달리던 '취준생' 시절, 스터디가 끝나면 오후 10시에 들어오곤 하는 딸의 귀가 시간은 늘 일정했다. 하지만 대학 신입생 때 술을 너무 마셔 응급실에 실려 간 전력이 있어 걱정이었다. 조금이라도 늦으면 카톡이나 문자로 위치를 확인해야 안심이 됐다.

그러면 딸은 "전철역" "집 앞" "곧 도착" 같은 단답형 답장을 보내 왔다. 잠시 후면 어김없이 도어록 비밀번호 누르는 소리가 들렸다.

그런데 그날은 "집 앞 도착"이라는 메시지를 보낸 지 꽤 시간이 지났는데도 감감무소식이었다. 다시 문자를 보냈더니 답장은 바로 온다.

"곧 감."

이제 오겠지 했더니 한참 기다려도 올 기미가 없다. 무슨 일이라도 생겼나 걱정되어 집을 나섰다. 놀이터 쪽으로 가려는데 1층 필로티 앞 벤치에 앉은 딸의 뒷모습이 보였다. 순간 내 눈을 의심했다. 웬 고양이를 쓰다듬고 있는 게 아닌가.

'저게 우리 아이 맞나?'

딸이 동물을, 그것도 고양이를 좋아한다는 걸 상상조차 해본 적이 없었으니 당연했다. 그때는 몰랐지만 그 풍경은 조만간 아내와 나, 큰딸 사이에서 시작될 '전쟁 아닌 전쟁'의 서막이기도 했다.

고양이는 딸과 알고 지낸 지 꽤 오래됐는지 경계심도 없이 벤치 한가운데 벌러덩 누워 몸을 맡기고 있었다. 딸은 고양이가 자식이라도 되는 양 눈을 못 떼다가, 내가 다가가니 그제야 한마디 한다.

"아빠, 얘 진짜 귀엽지?"

'뭐, 귀여워? 집 앞에서 소식 끊겨 걱정할 엄마 아빠 생각은 손톱만큼도 않고!'

화를 버럭 낼 뻔했지만 간신히 참았다. 아이가 무사한 것을 확인한 안도감에 마음이 풀린 탓인지, 고양이의 생김새는 썩 괜찮아 보였다. 갈색과 흰색, 검정색이 적당히 섞인 털에 눈매도 순해서 나쁘지 않은 인상이었다.

그래도 그 상황에서 참 예쁘다며 맞장구를 칠 수는 없는 노릇 아닌가. "고양이도 이제 자러 가야지" 한마디 남기고 돌아섰다. 아빠가 얼마나 걱정했는지 느껴질 만큼, 목소리를 최대한 낮게 깔고서.

3

모녀의 신경전

아내는 큰딸이 길고양이에게 푹 빠진 걸 알고 기겁했다. 고등학생인 작은딸 걱정 때문이었다. 어릴 때부터 아토피가 심했던 작은딸은 환절기나 시험 기간에 스트레스가 심해지면 어김없이 피부과 신세를 졌다. 아내 입장에선 '가뜩이나 예민한 시기에 고양이 알레르기까지 생기면 어쩌나' 싶었을 것이다. 밥 주다 정들어 고양이를 데려오겠다고 할까 봐 처음부터 단단히 방어막을 쳤다.

"밖에서 고양이를 만진 날은 꼭 샤워하고 옷도 갈아입어. 그런 날에는 동생 방 근처도 가지 말고. 그리고 혹시라도 집에 들일 생각은 꿈에도 하지 마!"

모녀의 신경전은 한동안 이어졌지만 큰 충돌은 없었다. 그러다 큰딸이 대포장 사료를 택배로 배달시킨 날, 갈등은 폭발하고 말았다. 취업도 못 해서 용돈을 받아 쓰는 처지에 그 돈으로 고양이 사료까지 사다 날랐으니 아내가 화날 만도 했다.

솔직히 나도 그랬다. 고양이를 예뻐하는 건 좋다. 잠깐 놀아주는 것 정도야 이해할 수 있다. 하지만 쌀 포대만 한 고양이 사료를 보니 속에서 불이 치솟았다.

그나마 나는 잠깐 울컥한 정도였지만 아내의 반응은 매서웠다. 꼴도 보기 싫다며 사료를 눈에 띄는 곳에 두지 못하게 했다. 한술 더 떠서 "앞으로 고양이 사료를 사면 용돈을 확 깎아버릴 거야!" 하고 으름장을 놓았다.

물론 그런다고 큰딸의 고양이 사랑이 식지는 않았다. 엄마아빠로 대표되는 인간 종족의 매정함에 실망해서인지, 고양이 종족에 대한 애착은 오히려 커져만 갔다.

고양이 집사의 첫 임무

큰딸은 엄마 앞에서는 고양이의 '고' 자도 못 꺼냈다. 그나마 아빠는 제 편이다 싶었는지 아쉬울 때면 내 손을 빌렸다. 스터디 모임 사람들과 회식이 있거나, 약속이 생겨 일찍 귀가하지 못하는 날에는 어김없이 내게 고양이 밥 심부름을 시켰다. 아침에 엄마 몰래 살짝 부탁하고 나가거나, 카톡으로 지령을 보내는 식이었다. 나는 아내의 핀잔을 들으면서도 청을 들어 주었다. 들키면 "고양이가 그렇게 좋다는데 밥 좀 챙겨주는 정도야 괜찮잖아?" 하고 능쳤다.

딸아이가 가르쳐 준 대로 밥그릇은 주로 종이컵을 활용했다. 종이컵 윗부분 절반 정도를 가위로 도려내고 사료를 가득 담아,

정해진 장소에 갖다놓는 게 집사 임무의 시작이었다. 고양이는 밥그릇에 코를 박고 먹이를 먹기 때문에, 그릇이 깊으면 아래쪽에 깔린 사료를 먹을 수 없어서 종이컵을 적당한 높이로 자르는 게 중요하다고 했다.

급식소 자리는 주로 사람 눈에 잘 띄지 않는 화단 구석이었다. 싫어하는 사람의 눈에 띄면 밥그릇이 남아나지 않기 때문에 장소도 중요했다. 그러다 "고양이 밥을 여기 놓지 마시오"라는 경고 문구가 붙으면 다른 장소로 옮겨야 했다. 추운 겨울 고양이가 밖으로 잘 나오지 않을 때면 지하 주차장에 밥을 갖다놓기도 했다.

임시 고양이 집사 활동을 시작하면서, 길고양이에게 밥을 주는 사람이 큰딸만은 아니란 걸 알았다. 그런 이들을 '캣맘'이라 부른다고 했다. 누군지는 모르지만 지하 주차장에 SUV 차량을 고정주차하고, 차 뒷바퀴 쪽에 고양이들이 잠잘 수 있는 상자를 갖다 둔 사람도 있었다.

큰딸은 주차장에서 본 고양이 집에서 힌트를 얻었던지 자기도 고양이를 위한 겨울 집을 만들었다. 추위가 한창 기승을 부리던 날, 어디서 구해왔는지 두터운 골판지를 이리저리 자르고 붙이더니 그럴듯한 집을 완성했다. 바닥에는 담요까지 깔아 한결

아늑해 보였다. 녀석한테 그런 손재주가 있는 줄 처음 알았다.

딸아이는 완성한 고양이 집을 들고 나가더니 화단 한가운데 놓았다. 조경수가 빽빽하게 숲을 이룬 덕분에 어지간해서는 사람 눈에 띄지 않을 곳이었다.

하지만 정성껏 만든 집은 채 이틀도 가지 못하고 사라졌다. 고양이를 싫어하는 누군가가 치웠을 것이다. 상심한 아이 얼굴을 보니 나도 마음이 편치 않았다.

5

책임당번으로 승진하다

길고양이 밥그릇을 갖다 두는 일에 조금 익숙해질 무렵 딸아이가 은근슬쩍 새로운 부탁을 했다.

"앞으로는 내가 일찍 오든 늦게 오든, 아빠가 고양이 밥 좀 챙겨주면 안 돼?"

나는 "그래, 그게 뭐 어렵냐?" 하고는 청을 들어주었다. '취업 준비에 도움이 된다면 그 정도야 해 주고 말지' 하는 심정이었다. 그때부터 고양이 밥 주는 일은 오롯이 내 차지가 되었다. 그전까지는 보조당번이었지만, 매일 밥을 가져다주는 책임당번으로 한 단계 승진한 것이다. 그 사실을 안 아내는 어이없다는 듯 잔소리를 시작했다.

"이젠 당신까지 고양이 밥을 주기야?"

아내의 눈치를 봐야 하는 불편함은 있었지만, 고양이 사료를 종이컵에 담아 내놓는 게 그리 어렵지 않은 건 사실이었다. 사료는 알갱이가 작고 단단해서 손에 묻거나 튈 일도 없었다. 냄새만 좀 참으면 사람 먹는 음식과 별반 다르지 않으니 부담감도 없었다.

그런데 시간이 조금 더 지나자 큰딸은 물심부름까지 요구했다. 흰색 플라스틱 용기를 내밀더니 이렇게 말하는 게 아닌가.

"여기 물을 조금 담아서 고양이 밥그릇 옆에 가져다 줘."

"아니, 단지 안에 연못도 있는데 굳이 물까지 갖다 줘야 해?"

미약한 저항을 해 봤지만 소용없었다. 고양이는 원래 물을 무서워하는 종족이라 연못 주변에는 얼씬도 하지 않는다면서, 먹는 물은 따로 챙겨줘야 한다는 것이었다. 어쩐지 점점 깊이 엮이는 것 같아 찜찜했지만 이제 와서 부탁을 외면할 수는 없었다. 어쩔 수 없이 고양이 물심부름도 승낙하고 말았다.

자의 반 타의 반으로 시작했지만, 그즈음에는 밥 주는 고양이들에게 정이 들었다. 밥을 주고 나서 쓰레기를 버리거나 산책 가려고 집 밖으로 나왔을 때 밥그릇이 깨끗하게 빈 것을 보면 기특해서 기분이 좋았다. 사료 양에 변화가 없으면 '밥 먹으러 오

다 사고를 당했나, 아님 몸이 아픈가?' 하는 생각에 우울해졌다. 큰딸이 귀가하면 "오늘은 고양이가 밥그릇을 깨끗하게 비웠더라" "오늘은 입도 대지 않았던데 무슨 일이 있는 건 아닌지 모르겠다" 등 자발적으로 고양이의 식사 현황을 보고했다.

어느 날은 밥그릇을 들고 우리 동 출입문을 나서는데, 멀리 있던 야옹이 엄마가 나를 발견하고는 잽싸게 달려왔다. 큰딸을 대신해 밥을 챙겨주는 나를 알아보기 시작한 것이었다. 고양이 종족에게 인정받는 인간이 되었다고 생각하니 뿌듯함과 함께 자부심이 느껴졌다. 순간 나도 모르게 "그래그래, 배고팠지? 이리 와서 맘마 먹자"는 말이 절로 튀어나왔다. 내 입에서 '맘마'라는 말이 나오다니. 완벽한 고양이 집사로 등극한 순간이었다.

아내는 고양이 밥을 꼬박꼬박 챙기는 나를 볼 때마다 "아이고, 열사 났네" 하고 면박을 줬다. "오늘은 큰애도 늦고 나도 약속이 있어서 늦을 거 같은데, 당신이 고양이 밥 좀 갖다 주면 안 될까?" 하고 조심스럽게 부탁하면, 아내의 반응은 싸늘했다. 죽었다 깨어나도 그럴 일은 없을 거라며 확실하게 선을 그었다.

6

뜻밖의 눈도장

마곡 지구 아파트는 한 동에 네 가구가 같은 층에 배치된 구조였는데 앞집 부부가 고양이 집사였다. 집에 고양이를 세 마리나 키우면서도 길고양이까지 살뜰하게 챙겼다. 단지 안 길고양이들의 족보와 역사를 줄줄이 꿰고 있었고, 고양이의 습성이라곤 하나도 몰랐던 내게 고양이에 대한 지식을 가르쳐 준 것도 그분들이었다.

앞집 아주머니 말에 따르면, 마곡묘원 길고양이 중에 이 일대를 가장 오랫동안 지켜온 녀석은 야옹이의 엄마였다. 이를테면 그리스 신화에 등장하는 헤라 격이고, 마르케스의 《백년의 고독》에 나오는 우르술라 같은 존재였다. 녀석이 낳아 키운 고

양이들만 해도 족히 스무 마리는 된다고 했다. 무척 지혜로워서 앞집 부부는 '똑순이'라고 불렀다는데, 큰딸은 "이 녀석이 참 용하다"며 '용용이'라고 불렀다.

고양이를 싫어하던 아내가 조금이나마 마음을 열게 된 것도 앞집 부부 덕분이었다. 하루는 학교에서 퇴근하던 아내가 길고양이와 놀던 앞집 아주머니와 마주쳤단다. 그냥 지나치기 뭣해 아는 체를 했더니 아주머니가 고양이를 가리키며 "얘가 바로 그 집 큰딸이 좋아하는 고양이예요" 하더란다. 막상 실물을 보니 의외로 귀여운 구석이 있어서, 신기한 눈으로 한참 보다가 왔다고 했다. 강의가 없어서 마침 집에 있던 나는 아내의 이야기를 듣고 예언했다.

"머잖아 당신 마음에도 고양이가 접신하겠네."

아내는 그럴 일은 절대 없을 거라며 극구 부인했지만 그 말은 머지않아 현실이 되었다.

이 무렵 나는 폐렴에 걸렸고, 건강 회복을 위해 매일 저녁 아내와 산책 겸 운동을 함께했다. 무리하지 않는 선에서 아파트 산책로를 걷는 코스였다. 근처에 새로 생긴 공원까지 가서 운동기구 예닐곱 가지를 한 번씩 타고 돌아오면 한 시간 정도 걸렸다. 돌아오는 길에는 매번 길고양이와 노는 앞집 부부를 만났다. 그

때마다 동네 고양이들과 눈도장을 찍은 아내는 조금씩 경계심을 내려놓기 시작했다.

7

선을 지키는
야옹이 엄마

불규칙한 시간대에 고양이 밥을 주던 큰딸과 달리, 나는 매일 오후 8시경 꼬박꼬박 밥과 물을 챙겼다. 앞집 아주머니랑 앞 동에 사는 다른 캣맘 한 분도 밥을 줬지만 시간이 겹치는 일은 거의 없었다. 그분들은 주로 오전이나 오후에 간식 겸해서 밥을 줬고, 나는 저녁 식사 당번이었기 때문이다.

그러다 보니 야옹이 엄마는 내가 우리 동 출입문을 열고 나가는 오후 8시쯤이면 어김없이 화단 근처에 웅크리고 있었다. 사람 눈을 피해 10여 미터 떨어진 연못 근처 벤치 밑에 있거나, 놀이터 가로등 밑에 있기도 했다.

하지만 주로 기다리는 곳은 밥을 두는 화단 근처 벤치였다.

기다리고 있다가 내가 출입문을 나서면 쪼르르 달려왔다.

처음에는 밥그릇만 놓고 왔지만, 시간이 지나면서 벤치에 앉아 고양이가 밥 먹는 모습을 한동안 지켜보기도 하고 같이 놀아주기도 했다. 하루는 자리에서 일어나 집으로 들어가려 하니 야옹이 엄마가 출입문 입구까지 쫓아왔다. 집으로 데려가 달라는 뜻인가 했는데 지금 생각해보니 "오늘은 종일 굶었어. 먹을 거 좀 더 줘"라는 표현이었는지도 모르겠다. 나보다는 원조 캣맘인 큰딸에게 정을 더 많이 줬을 텐데, 아직 서먹한 나를 따라 집까지 가겠다고 하진 않을 게 아닌가.

그때까지만 해도 고양이를 집에 데리고 들어가는 일은 상상조차 않던 때라, 이제 그만 따라오라는 뜻에서 손을 휘휘 내저었다. 그러자 고양이는 내 뜻을 읽고 정확히 멈춰 섰다.

출입문 비밀번호를 누르고 안으로 들어간 후 돌아보니, 야옹이 엄마는 문에서 약 1미터쯤 떨어진 곳에 멈춰 선 채 물끄러미 바라볼 뿐 더는 움직이지 않았다. 마음이 쓰였지만, 어둠 속에서 나를 보는 고양이의 애처로운 눈망울을 뒤로 하고 엘리베이터를 향해 걸었다.

절제를 모르는 인간을 흔히 동물에 빗댄다. 그러나 그건 단편적인 비유에 불과하다. 적어도 고양이는 인간에게 허락받지 않은 구역은 침범하지 않고 선을 지킬 줄 안다. 야옹이 엄마와 친해지면서 나는 그 사실을 몸소 경험했다.

8

아내와 큰딸의
빅딜

내가 고양이 밥 책임당번까지 떠맡으며 응원해 준 덕분인지, 큰딸은 얼마 지나지 않아 취업에 성공했다. 녀석의 퇴근 시간과 우리 부부의 저녁 운동 시간이 겹칠 때면 함께 고양이를 보러 가곤 했다. 그 과정에서 엄마의 '고양이 기피증'이 무뎌진 걸 확인한 딸아이는 마침내 본색을 드러냈다. 취업도 했으니 이제는 고양이를 데려오게 해 달라고 당당하게 요구한 것이다.

그때부터 본격적인 전쟁이 시작됐다. 아내는 하늘이 두 쪽 나도 그건 안 된다며 결사반대했다. 이번만큼은 나도 아내 편이었다.

"네가 무슨 재주로 고양이를 키울 거야?"

"앞집에서도 고양이를 세 마리나 키우는데요. 한 마리 키우는 정도는 어렵지 않아요."

큰딸은 물러설 기색이 없었다. 그러자 아내는 수험생 둘째를 앞세워 재차 공격을 이어갔다.

"내년이면 동생이 고3인데, 고양이 때문에 아토피가 심해져서 입시를 망치면 어떡할래? 네가 책임질 거야?"

큰딸은 엄마의 그런 공격쯤은 예상했다는 듯 대뜸 대답했다.

"둘째가 병원에서 알레르기 반응 검사를 했을 때도 먼지 알레르기 수치만 높았지, 고양이 알레르기는 없었잖아요?"

아, 이렇게 과학적 반박으로 맞설 줄이야. 나중에 알았지만 큰딸은 고양이를 집으로 데려오는 데 있어 가장 큰 난관인 제 동생부터 먼저 공략했다. 동생에게 고양이 알레르기가 없다는 1급 정보를 빼내, 그 사실을 방패 삼았던 것이다.

하지만 고양이를 데려오는 건 간단한 문제가 아니었다. 아내와 나는 고양이 종족과 같은 공간에서 사는 걸 받아들일 수 없었다. 그건 예전처럼 밥만 주는 것과는 다른 문제였다. 정서적으로나, 이성적으로나.

완강한 반대에 부딪치자, 큰딸은 비장의 무기를 꺼냈다. 제월급을 무기로 빅딜을 시도한 것이다. 고양이를 키우는 데 드는 비용은 모두 자기가 부담하고, 그 외에 월급의 일정 부분을 떼서 엄마가 위탁 관리하라고 제안했다. 씀씀이가 헤프다며 딸에게 늘 잔소리하던 엄마의 성향을 이용해 설득하면 통할 거라고 생각한 모양이다. 딸의 결혼 자금을 모으는 게 큰 관심사였던 아내에겐 솔깃한 제안이었다.

결국 큰딸의 묘수에 아내도 넘어가고 말았다. 대신 고양이를 데려오는 시기를 가을로 늦추고, 데려온 뒤에도 큰딸 방 베란다에서만 키우라는 '조건부 승인'이었다. 시기를 늦춘 것은 내 건강을 염려해서였다. 폐렴이 완치되긴 했지만, 그때까지도 나는 비실거렸기 때문이다. 큰딸은 베란다에서만 고양이를 키우라는 조건도 두말없이 받아들였다. 그 조건이 조만간 무용지물이 될 거라는 사실을 훤히 내다보았던 것이다. 똑똑한 녀석.

아내가 고양이 입양을 허락하자, 나의 반대 의사는 자동 폐기되었다. 그나마 내 건강을 생각해서 고양이를 데려올 시기를 늦춰 준 아내가 고마울 따름이었다.

9

납치와 입양 사이

　큰딸이 밥을 주던 야옹이 엄마가 어느 날 배가 불룩해져 나타났다. 몸이 평소보다 많이 붓고 혈색도 좋지 않아 처음에는 아픈 줄 알았는데, 앞집 아주머니 이야기를 듣고 임신 중이란 걸 알고 깜짝 놀랐다.

　길고양이는 비교적 쉽게 교배하고 임신 빈도도 높다. 1년에 최소 두 번은 임신하는 것 같다. 한번 새끼를 낳으면 네댓 마리는 기본일 정도로 번식력도 좋다. 우리 집에 온 야옹이도 그 과정에서 태어난 새끼 중 하나였다.

　큰딸은 원래 야옹이의 엄마를 데려올 생각으로 호시탐탐 기회를 노렸다. 그런데 평소에는 그렇게 살갑게 따르던 녀석이, 집

으로 데려가려고 번쩍 안으려면 잽싸게 도망가 버렸다. 결국 야옹이 엄마 쪽은 포기하고 비교적 포획이 쉬운 어린 야옹이로 목표를 바꿨다. 성격이나 생김새가 엄마를 빼닮아 다른 새끼들보다 정을 많이 주기도 했고, '꿩 대신 닭'이라는 심정으로 얘라도 데려오자고 마음을 고쳐먹은 것이다.

하지만 야옹이도 엄마를 닮아 워낙 동작이 날랜 탓에 두어 번 포획에 실패하고, 3차 시도에서 앞집 아주머니와 그 집 딸, 사위까지 총출동해 간신히 성공했다. 맛있는 참치 캔을 먹이고 끈 달린 장난감으로 유인해 정신 줄을 쏙 뺀 후, 앞집 아주머니가 뒷덜미를 확 낚아채 이동장에 억지로 집어넣었다고 한다.

포획담을 들은 아내와 나는 깜짝 놀랐다. 이동장에 갇혀 와들와들 떠는 야옹이를 보고 큰딸에게 "이렇게까지 하면서 집에서 길러야 하느냐"고 나무랐다. 하지만 큰딸은 장기적으로 보면 이게 다 고양이를 위한 길이라고 주장했다. 밖에 방치하면 밥도 제대로 먹을 수 없을 뿐더러, 비위생적인 음식을 이것저것 먹다 보면 위험하다는 것이었다. 또 주차장이 지하에 있으니 다른 곳보다 안전하긴 하지만, 로드킬을 당할 가능성도 배제할 수 없다며 우리를 설득했다.

딸의 성화 때문에 야옹이와 살게 되긴 했지만, 고양이 입장에서 보면 인간 종족이 자기를 납치해 평생 감금하는 것으로 생각하지 않을까? 그나마 개들은 인간이 산책할 때 바깥 공기라도 쐴 수 있지만 고양이에게는 제한된 바깥출입마저도 허용되지 않으니까.

지금까지 관찰한 바로는 고양이와 산책을 나가는 것은 불가능하다. 개에게는 귀소본능이 있지만 고양이는 그런 성향이 없어, 밖에 데리고 나가는 순간 바로 이별이다. 무리해서 목줄을 한다 해도 잽싼 고양이를 끝까지 지킬 수 없을 게 분명하다.

감금의 대가로 주어지는 양육과 보호, 그리고 자유 중 하나를 선택하라면 고양이는 어떻게 할까? 나는 지금도 후자라고 믿는다.

유배에서 풀려난
야옹이

포획되어 온 야옹이의 양육과 보호는 근 3개월간 큰딸이 도 맡았다. 야옹이의 낯가림이 심해 적응에 시간이 걸린 탓도 있었지만, 아내와 나의 격리 방침이 더 큰 원인이었다.

아내는 야옹이를 데려오는 조건으로 내건 '베란다 양육 방침'을 철회할 생각이 없어 보였다. 그래서 야옹이는 한동안 큰딸 방에 딸린 베란다에서만 지내야 했다.

그 3개월간 아내와 나는 의도적으로 야옹이를 외면했다. 큰딸이 혹시나 빈틈을 발견하고 딴 얘기를 꺼낼까 싶어 눈길도 주지 않았다. 처음 집에 왔을 당시 야옹이는 아내와 나에게 투명인간, 아니 투명고양이 같은 존재였다.

베란다 유배 생활을 하던 야옹이의 해방을 앞당긴 것은 매서운 겨울 날씨였다. 날씨가 추워지자 큰딸은 베란다 창문에 버블캡 비닐을 붙이고, 두터운 털 담요로 감싼 고양이 집을 새로 설치하는 등 월동 준비를 했다. 버블캡 비닐을 붙일 때 내가 도와줬지만 아내는 그것까지 타박하지는 않았다. 인도적, 아니 묘도적 차원의 조치까지 금지할 만큼 모질지는 못했던 것이다.

하지만 맹추위가 기승을 부리기 시작하면서 기껏 준비한 월동 준비도 별 소용없게 되었다. 기온이 영하 10도 아래로 떨어지는 한파가 몰아닥치자 큰딸은 엄마 허락도 없이 야옹이의 거처를 제 방으로 옮겼다. 아내는 당장 베란다로 돌려보내라고 호통쳤지만, 큰딸은 추위가 한풀 꺾이면 다시 베란다에서 키울 테니 그때까지만 봐 달라고 통사정했다. 아내는 못 이긴 척 눈감아 주었다.

이것으로 야옹이는 사실상 우리 집 식구가 되었다. 날씨가 풀리고 따뜻한 봄이 찾아왔지만 야옹이는 여전히 큰딸과 같은 방을 쓰고 있다. 아내는 거실로는 절대 내보내지 말라며 2차 금지령을 발동했지만 그것도 오래 가지 못했다. 우리 집 환경에 조금씩 낯이 익기 시작한 야옹이는 거실과 부엌 등으로 차츰차츰 활동 반경을 넓혔다. 이제는 아내와 내가 방심한 틈을 타서 안방까지 넘보는 용감한 고양이로 진화하고 있다.

⑪

난초 대소동

　베란다 유배 생활을 청산한 야옹이의 활동 공간은 점점 넓어져서, 마침내 우리 집 전체가 야옹이의 놀이터가 되었다. 그러다 보니 잠시라도 주의를 게을리 하면 야옹이의 동선을 놓치기가 십상이다. 그 틈을 타서 야옹이는 코를 킁킁거리면서 집 구석구석을 헤집고 다니고, 어떤 물건에 대한 호기심이 발동하면 앞발로 이리저리 굴리거나 물어뜯기도 한다.

　처음 집에 왔을 때는 음식물 쓰레기를 담는 비닐봉지가 표

적이었는데, 시간이 지나면서 거실의 난 화분과 식물로 표적이 바뀌었다. 나뭇잎을 갉아 먹고, 나무줄기에 올라타고, 화분을 쓰러트려 혼이 나기도 했다. 벤저민과 고무나무, 난 등 눈에 띄는 모든 식물이 사냥감이 되었다.

어느 날 난초 잎을 뜯어 먹는 바람에 된통 혼난 적도 있었다. 하지만 알고 보니 고양이가 풀을 먹고 구토하는 것은 흔한 일이며, 가끔 풀을 먹게 해 주는 것이 건강 유지에 도움이 된다고 했다. 고양이는 인간처럼 샤워를 할 수 없기에 혀로 온몸을 핥아 청결을 유지한다. 그러다 보니 그루밍을 하면서 제 털을 먹는 일도 잦다. 그래서 일명 캣그라스라 불리는 식물을 먹여 삼킨 털을 토하게 한다는 것이다. 다만 먹으면 위험한 식물도 있기에 주의해야 한다고 했다.

딸의 설명을 들은 아내와 나는 고양이 종족에 대한 인간 종족의 무지를 새삼 절감하면서, 난초를 뜯어먹었다고 혼낸 것을 정중하게 사과했다.

"야옹아, 미안하다."

야옹이는 풀을 정말 좋아한다. 참치 캔만큼이나 캣그라스를 잘 먹는다. 처음에는 털을 토해내는 걸 도와주려고 캣그라스를 먹였는데 지금은 거의 주식이나 마찬가지이다. 가끔씩 토하기도 하지만 그 주기는 최소 열흘은 넘는다. 토하지 않는 풀은 소화를 시킨다는 얘기다. 단골로 다니는 병원 의사도, 캣그라스를 먹은 후 토하지 않고 소화를 시키는 고양이도 있다고 했다.

동물 사전에는 분명히 고양이가 육식동물이라고 기록되어 있다. 그러나 관찰한 바에 의하면 야옹이는 고기가 주식일지인정, 인간과 같은 잡식동물이다. 풀도 먹고 고기도 먹는다. 캣그라스뿐만 아니라 모든 녹색식물을 탐하는 것을 보면 심증은 굳어진다. 사람들은 쥐를 잡아먹는 고양이를 자주 봐 왔기 때문에 고양이를 육식동물로만 생각하기 쉽지만 그것은 인간의 편견일 가능성이 높다.

야옹이 실종 사건

야옹이의 실종 사건이 발생한 것도 그즈음이었다. 이른 저녁을 먹고 아내와 함께 소파에 앉아 TV로 프로야구 중계방송을 보고 있는데 "딩동, 딩동" 초인종 소리가 들렸다. 모니터로 보니 택배 기사분이어서 얼른 나가 중문을 열고 곧바로 현관문을 열었다. 고양이의 안전한 감금(?)을 위해 현관문을 열기 전에는 중문을 닫는 습관을 들였는데 그날은 팽팽하게 진행되는 야구 경기에 마음이 빼앗겨 그랬던지 중문을 연 채 현관문을 열었다. 게다가 택배 상자가 제법 커서 현관문 스토퍼까지 받치고 택배를 받았다. 그게 사단을 일으켰다.

30분쯤 지나 큰딸이 퇴근하고 들어오더니 고양이가 안 보인다며 집을 뒤지기 시작했다. 아내와 나는 대수롭지 않게 생각하고 "어딘가 있겠지, 잘 찾아 봐" 하면서 야구 경기에만 몰두했다.

하지만 딸아이가 두세 번 집 안을 뱅뱅 도는 걸 보고 상황이 심상치 않음을 직감했다. 결국 우리도 소파에서 몸을 일으켜 함께 수색에 나섰다.

정말 야옹이는 집 어디에도 보이지 않았다. 아이 방 침대 밑, 장롱 위, 거실 소파 뒤쪽 구석진 곳, 식탁 의자 등 평소 야옹이가 자주 숨는 곳을 샅샅이 뒤졌지만 흔적조차 없었다.

혹시 하는 마음에 아이 방 침대를 들어내고 장롱 위를 다시 살피고 심지어 평소 절대 못 가게 하는 작은딸 방, 안방 화장실까지 뒤졌건만 야옹이는 없었다. 어딘가에 있으면 인기척, 아니 묘기척이라도 있을 텐데 아무 소리도 들리지 않았다.

이쯤 되자, 야옹이가 쥐도 새도 모르게 사라졌을지도 모른다는 생각이 불현듯 뇌리를 스쳤다. 택배를 받을 때 중문과 현관문을 잠시 열어 둔 것이 떠올랐다. 그 틈을 타서 잽싸게 밖으로 나갔나 생각하니 눈앞이 캄캄해졌다.

큰딸에게 앞뒤 정황을 설명했더니 비명을 지르면서 밖으로 뛰쳐나갔다. 온 아파트를 다 뒤져서라도 반드시 야옹이를 찾고야 말겠다는 각오가 온몸에 절절 흘렀다.

나중에 알고 보니 경비실까지 찾아가 "고양이가 실종되었으니 찾는데 협조해 달라"고 부탁하고, 관리사무소에 가서 CCTV까지 봤다고 했다. 범죄 혐의가 있을 경우가 아니면 CCTV를 보여주지 않는 것이 관례지만, 자식이라도 잃은 것처럼 펑펑 울며 매달리니 어쩔 수 없이 보여줬던 모양이다. 하지만 CCTV 영상에서도 야옹이의 흔적은 찾을 수 없었다. 딸이 애지중지하는 고양이가 내 부주의로 가출했다는 자책감에, 나는 나대로 아파트를 열심히 뒤졌다. 계단을 1층부터 꼭대기 층까지 두 번이나 오르내리면서 샅샅이 훑었지만 보이지 않아서, 지하 주차장까지 정밀 수색했다.

쭈그리고 앉아 주차된 자동차 바퀴 쪽으로 머리를 들이밀면서 혹시나 있을지도 모를 야옹이를 찾고 있는데, 아내에게서 반가운 전화가 왔다. 야옹이를 찾았다는 것이다. 어찌나 기뻤던지 만세를 부를 뻔했다. 그날 한 시간이나 땀을 뻘뻘 흘리면서 수색에 전력을 다한 탓에 감기에 걸려 근 한 달을 고생했지만, 내게는 야옹이를 찾은 기쁨이 더 컸다.

13

들통 난 아지트

땀이 범벅된 채 집으로 들어갔더니, 야옹이는 아무 일도 없었다는 듯 태평스럽게 소파에 앉아 있었다. 아내에게 어찌된 영문인지 물었더니 자기도 모른단다. 소파에 앉아 TV를 보고 있는데 아이 방에서 부스럭 소리가 들리더니 야옹이가 밖으로 나왔다고 했다.

'허, 이럴 수가…'

침대까지 들어내고 장롱 위를 몇 번이나 살펴보았는데도 없더니 도대체 어디 있다 나타났단 말인가? 그야말로 미스터리 그 자체였다.

미스터리는 오늘 아침에야 풀렸다. 큰딸이 출근할 때 데려다

주는 전철역 4번 출구 쪽 도로변에는 길이 5미터 정도의 난간이 설치되어 있다. 보행자 안전을 고려한 시설물이지만 그 때문에 자동차에서 내리자마자 바로 지하철로 진입하는 것이 힘들다. 입구에 차를 바짝 대고 내려주면 금쪽같은 출근 시간을 단 몇 초라도 절약할 테지만, 입구와 난간의 틈이 워낙 좁아 그 사이를 빠져나가는 건 불가능해 보였다. 그래서 늘 난간이 끝나는 지점에서 아이를 내려주곤 했다.

한데 오늘 아침 기이한 장면을 목격했다. 앞에 가던 차량 한 대가 그 지점에서 멈추더니 큰딸 또래 여자가 내렸다. 그러고는 좁은 틈을 가뿐하게 빠져나가는 게 아닌가. 늘 하던 동작인 듯 매우 자연스러웠다. 내 눈을 믿을 수 없어 아이를 내려주고 차를 돌려 건너편 5번 출구에서 사진을 한 장 찍었다. 사진을 주의 깊게 보니, 유연성이 뛰어난 개미허리 아가씨라면 통과할 수도 있겠다는 생각이 들었다.

집으로 돌아와 아이 방문을 열고 야옹이가 올라가 있는 장롱 위를 살펴보면서 사진을 한 장 찍었다. 비밀은 바로 거기 있었다. 오른쪽 벽면과 장롱 사이에 틈이 있었다. 실종된 줄 알았던 야옹이는 바로 저 좁은 틈을 통해 장롱 뒤편 모서리로 내려가 쥐 죽은 듯 웅크리고 있었던 것이다. 사람보다 유연성이 몇 배

뛰어난지라 그 정도 틈새는 충분히 들어갈 수 있었던 모양이다.

우리 집에 온 후 한동안 야옹이가 두려워했던 소음은 주로 기계음이었다. 특히 밖에서 들리는 초인종 소리에 민감하게 반응했다. 자신을 해칠 수도 있는 외부자의 침입 신호로 인지하기 때문이다. 그래서 그날 야옹이는 택배 기사가 누른 벨 소리를 듣고 최대한 안전한 곳으로 몸을 숨겼던 것이다. 인간에게 발각되지 않았으니 피신 전략은 멋지게 성공한 셈이었다.

숨소리를 죽인 것도 보호 본능에서 비롯된 것이다. 소리가 들리면 위치가 노출되니 당연히 '무음 모드'를 유지하는 것이다. 그런 보호 본능은 인간도 비슷하다. 전쟁 영화에서 흔히 보듯이, 적이 바로 곁을 지나갈 때면 인간도 무의식적으로 입을 손으로 가리지 않는가.

14

본격적인 집사의 하루

야옹이가 베란다에서 해방된 후 나는 거꾸로 구속 신세가 됐다. 어느 날 큰딸은 직장에서 3박 4일간 연수를 간다면서 그동안 고양이를 보살펴달라고 부탁했다. 그러면서 아침저녁으로 매일 해야 할 일을 순서대로 일러줬다. 집에 데려올 때부터 어느 정도 예상했지만 막상 닥치고 보니 심란했다. 그래도 어쩌나, 가정의 평화를 위해 묵묵히 아이의 말을 경청할 수밖에.

첫째, 대소변 치우기. 손잡이가 달린 갈퀴 모양의 기구와 쓰레받기를 이용해 모래상자에 싸 놓은 대변과 소변을 걷어 대변은 변기에 버린 후 물을 내리고, 소변은 화장실에 비치된 쓰레기통에 버리면 된다고 했다. 고양이의 대소변이 어떻게 생겼는지

한 번도 본 일이 없었으니 첫 번째 미션부터 난감했다. 하지만 아이는 한마디로 나를 안심시켰다.

"딱 보면 알아."

그랬다. 진짜 딱 보니까 구분이 됐다. 대변은 까만색으로 똘똘 뭉쳐 모래 속에 파묻혀 있었고, 소변은 연갈색 모래가 반죽처럼 제법 큰 덩어리를 이루고 있어 쉽게 구분할 수 있었다.

둘째, 빗자루로 모래상자 주변 쓸기. 고양이는 모래상자 안에서 대소변을 해결한 뒤 흔적을 은폐한다. 그것도 고양이의 생존본능 중 하나라는 걸 나중에 알았다. 대소변 냄새를 풍기면 덩치 큰 짐승들에게 위치가 노출되어 사냥감이 되기 때문에, 야생 생활을 하는 고양이는 볼일을 본 후 흙으로 반드시 파묻는다. 집 고양이는 흙이 없으니 고양이 화장실 전용 모래로 덮어 감춘다. 그러다 보니 고양이 화장실인 모래상자 주변에는 늘 모래가 흩뿌려져 있다. 그걸 빗자루로 깨끗이 치우는 것이 두 번째 할 일이다.

셋째, 미니 청소기 돌리기. 고양이가 워낙 털을 많이 날리기 때문에 진공청소기를 반드시 돌려줘야 한다. 특히 고양이는 캣타워에 설치된 둥근 기둥을 박박 긁어서 발톱 자라는 것을 억제하기 때문에 먼지도 많이 일으킨다. 고양이를 위해서도 필요하지만 큰딸의 건강을 위해서 이 과정은 생략할 수 없었다. 아내는 집에서 쓰는 청소기를 고양이 털 치우는 데 쓰면 불결하다면서, 아예 미니 청소기를 따로 사서 아이 방에 놓아뒀다.

넷째, 물 갈기. 고양이도 물을 먹는다. 하루에 먹는 양이 그렇게 많지는 않지만 먹기는 한다. 모래상자에 덩어리를 이룬 소변량을 보면 꽤 많아 보이는데 물그릇을 보면 크게 줄어들지 않았다. 그래도 매번 깨끗하게 물을 갈아 줘야 고양이가 스트레스를 받지 않는다. 만약 이 과정을 생략하면 야옹이의 테러가 시작된다. 발로 물그릇을 엎기도 하고 침대 매트리스 커버나 이불 위에 실례하는 사고를 친다.

그렇게 되면 일이 커진다. 매트리스 커버와 이불을 화장실 욕조에 넣고 세제를 풀어 발로 지근지근 밟아서 고양이 오줌을 깨끗이 제거한 다음 세탁기에 넣고 헹굼 모드와 탈수 모드만 이용해 세탁을 끝내야 한다. 중노동도 이런 중노동이 없다.

처음부터 그냥 세탁기에 집어넣고 돌리면 되련만, 아내는 고양이가 오줌 싼 빨랫감을 인간이 사용하는 세탁기에 바로 집어넣는 것을 절대 용납하지 않았다. 다른 부분에 대해서는 어느 정도 용인하지만 이 원칙은 지금까지도 고수한다. 힘이 드는 일이다 보니 야옹이가 쉬를 싼 이불이나 매트리스 커버를 발로 밟아

빠는 애벌빨래는 늘 내 차지다.

처음에는 고된 노동으로 생각했지만 운동 삼아 하자고 마음을 고쳐먹으니 크게 힘들지는 않았다. 시간이 지나면서 야옹이의 습성을 이해하고 스트레스를 관리하는 요령을 터득하면서 다행히 오줌 테러 횟수도 현저하게 줄었다.

다섯째, 사료와 간식 주기. 고양이의 주식은 사료다. 진한 갈색의 고체 음식인데 콩알만 한 크기다. 배가 고플 때 알아서 먹을 수 있게 플라스틱으로 된 밥그릇에 항상 사료를 가득 담아두어야 한다. 그 외에 아침저녁으로 간식을 꼭 챙겨 준다. 큰딸은 고양이가 잘 먹는 참치 캔을 박스째 배달시켜 방 입구 작은 서랍장에 꽉꽉 채워 둔다. 진공 포장된 닭가슴살도 가끔씩 준다. 참치 캔은 개봉하면 한꺼번에 다 주지 말고 서너 번에 걸쳐 나누어서 주라고 했다.

야옹이 녀석은 참치 캔을 새로 열 때면 귀신같이 알고 야옹거리면서 종이그릇에 덜기도 전에 입을 갖다 댄다. 하지만 입맛이 어찌나 까다로운지, 먹던 걸 보관했다 주면 반응이 시큰둥하다. 먹기는 하지만 맛있다는 듯 짭짭대지도 않고 마지못해 먹는 시늉을 하는 정도다.

하는 짓을 보면 제 엄마(큰딸)를 빼다 박은 듯 닮았다. 큰딸도 아침에 소포장 김을 개봉한 후 먹다가 남은 걸 주면 식탁 옆으로 싹 밀어놓고 새 걸 뜯어서 냠냠 먹는다. 뜯어서 몇 장 먹지도 않으면서!

날씨가 풀리면서 하루는 개봉한 참치 캔을 서랍 속에 뒀다 주었더니 야옹이는 코만 킁킁거리다가 외면했다. 그새 상했나 싶어 버리고 새 걸 따서 주니 금세 싹 비웠다.

그렇다고 비싼 참치 캔을 매번 새로 따 줄 수도 없는 노릇이어서 개봉한 캔은 비닐봉지에 싸서 냉장고에 보관했다. 청소기와 세탁기를 야옹이와 공유하는 건 한사코 반대하던 아내도 어쩐 일인지 냉장고를 공유하는 일은 선선히 수용했다. 아마 간식 캔 값 때문일 거다. 이렇게 간식까지 챙겨주고 나서야 집사의 일과는 끝난다.

잃은 것이 있으면
얻는 것도 있는 법

큰딸의 3박 4일 연수 때문에 임시로 맡았던 야옹이의 양육은 그 뒤 나의 일상적인 업무가 되었다. 혹시라도 내가 게으름을 피울까 봐 큰딸은 출근할 때마다 집사로서의 본분을 일깨운다.

"아빠, 야옹이 똥오줌 치우고 청소하고 간식 챙겨주는 것 잊지 마!"

"그래, 걱정 마라."

비록 할 일은 늘었지만, 야옹이 덕에 대화할 거리가 생기니 적잖게 위안이 되었다. 예전에는 집이라는 같은 울타리 안에서 살면서도 딸과 데면데면했다. 야옹이가 오기 전에는, 카톡으로 대화할 때 딸의 대답은 "ㅇ" 아니면 "ㅇㅇ"이 전부였다. 그러던 것이 이제는 야옹이의 안부를 묻고 난 후 "ㅇㅇ"을 덧붙이는 것으로 바뀌었다. 내게는 야옹이 덕분에 큰딸과의 대화가 이처럼 늘어난 것이 작지만 감동스러운 변화다.

요즘은 야옹이 사진이나 고양이의 생물학적, 생태적 특징에 대한 정보를 카톡으로 공유하기도 한다. 이제야 딸과 내가 진짜 가족 구성원이 된 것 같다.

아침 식사 준비를 하는 아내에게 "큰애랑 카톡 대화 문장이 두 줄을 넘었다"고 자랑삼아 말했더니 의미심장한 미소를 짓는다. 자기는 내가 요즘 큰아이랑 안 싸우는 게 더 좋단다.

가만히 생각해 보니 야옹이가 온 후로 큰딸이랑 말다툼하는 일이 없어졌다. 예전에는 진로 문제, 귀가 시간, 용돈 씀씀이 등 크고 작은 문제로 자주 부딪히곤 했다. 야옹이가 우리 집에 소통과 평화를 가져다준 셈이다.

한번 대화의 물꼬가 터지니 화제도 다양해졌다. 고양이뿐 아니라 인간과 사회도 대화 메뉴가 되었다. 제19대 대통령 선거 때는 서로 좋아하는 후보에 대해 토론도 했다. 이 정도면 장족의 발전이다.

큰딸이랑 말이 통하기 시작하면서 작은딸과도 말이 통하기 시작했다. 수험생이라는 특수 신분 때문에 가능하면 심기를 건드리지 않으려 하다 보니 대화가 통 없었는데, 야옹이가 들어오면서 분위기가 확 바뀌었다. 작은딸은 늦은 시간에 집에 와도 언제나 고양이랑 부비부비를 한다. 그러다 보니 자연스럽게 아내와 나랑 말을 섞는 일도 잦아졌다.

살아 보니 고양이와의 공존을 위해 치러야 할 대가가 적지 않지만, 잃은 것보다 얻는 것이 더 많다. 이제는 어딜 가도 떳떳하게 말한다. "나는 고양이 집사입니다"라고.

야옹이 사전에
왕진은 없다

고양이 집사가 된 후 가장 납득하기 힘들었던 일 중 하나는 중성화 수술이다. 길고양이의 경우 번식을 억제하기 위해 지자체나 동물보호단체 혹은 대학 동아리 등이 나서서 중성화 수술을 권장한다고 한다. 하지만 야옹이처럼 집에서 혼자 키운다면, 다른 고양이와 접촉할 기회가 없으니 2세를 가질 가능성도 없지 않은가. 그런데도 큰딸은 야옹이를 입양한 지 넉 달 정도 지나자 중성화 수술을 시켜야 한다며 동물병원을 여기저기 알아보고 다녔다.

"성적 자기결정권은 어떠한 경우에도 침해해서는 안 될 자연적 권리야. 사람에게 인권이 있듯이 고양이에게도 묘권이 있어. 인간은 고양이가 자연으로부터 물려받은 성적 자기결정권을 존중해 주어야 하고, 어느 누구도 그걸 임의로 변경할 권리가 없는 거야."

나름대로 논리를 들이대며 반대했지만 딸아이는 막무가내였다. 나에게는 고양이의 밥을 챙겨주고 똥오줌을 치우는 의무만 있을 뿐 야옹이에 대한 모든 결정권은 큰딸에게 있었기 때문에 뜻을 꺾을 수 없었다.

중성화 수술을 시키기로 결정했지만 과정이 순탄치는 않았다. 예약한 날짜에 동물병원으로 데려가기 위해 야옹이를 이동장에 집어넣으려 몇 차례 시도했지만 번번이 실패했다. 이동장 안에 맛있는 간식을 넣고 몰이를 시도했지만 그때마다 요리조리 빠져나갔다. 인간들이 자기 몸에 강제로 칼을 대려 하는 걸 본능적으로 알아차린 듯했다.

하지만 야옹이는 결국 인간의 손아귀를 벗어나지 못했다. 이번에는 아내가 한몫 했다. 이동장 근처까지 와서 기웃거리는 야옹이를 잽싸게 낚아채 집어넣은 것이다. 고양이 일이라면 무심한 척 굴더니, 결정적인 순간에 일을 마무리하는 뜻밖의 결단력에 새삼 감탄했다.

애처롭게 우는 야옹이가 안쓰러웠지만 어차피 거쳐야 할 과정이라 생각하고 이동장에 큰 담요를 덮어 지하 주차장으로 향했

다. 공포에 노출될 때 고양이는 암흑 속으로 몸을 숨기는 경향이 있다. 그래서 담요로 이동장을 덮어 빛을 차단하면 안정감을 느낀다고 한다.

이런 정보를 얻은 것도 모두 인터넷에서였다. 직접 야옹이를 챙기기 시작하면서 고양이 반려인이 모이는 인터넷 커뮤니티에 가입했다. 그곳에서 고양이의 습성에 관한 정보들을 눈여겨 봐 두었다가 필요할 때마다 써먹는다. 회원 수가 오십만 명이 넘는 카페라 그런지 정보도 풍부하고 나름의 필터링 기능도 있기 때문에 그곳에서 습득한 정보는 꽤나 유용했다. 그날도 담요를 덮어주자 야옹이는 바로 울음을 그쳤다.

동물병원에 도착한 야옹이는 다행히 온순하게 굴었다. 수술도 비교적 쉽게 끝났다. 그 후로도 예방접종 주사를 맞히기 위해 동물병원에 몇 차례 더 데려갔지만 그때도 크게 소동을 피운 적은 없다.

어느 날 산책길에 만난 앞집 아주머니에게 야옹이의 근황을 애기했더니 "정말 효녀, 아니 효묘네요"라며 칭찬을 아끼지 않았다. 그 집 고양이는 병원에만 가면 의료 장비와 집기를 뒤집어 놓는 등 난리를 쳐서 수의사가 집으로 왕진 와서 주사를 놓아야 한다고 했다. 고양이를 위해 의사가 왕진까지 온다는 애기에 속으로 웃었다. 집에 돌아와서 아내와 아이에게 말했더니 두 모녀도 배꼽을 잡고 웃었다. 그러더니 아이가 한마디 날린다.

"내가 역시 사람, 아니 고양이 보는 눈이 있긴 있어!"

$$\text{17}$$

권력 실세를
아는 고양이

친해지려는 내 노력이 무색하게 야옹이는 쉽게 다가오지 않았다. 저녁마다 똥오줌 치우고 밥 챙기고 방 청소도 해 주는 사람이 난데, 그 공을 아는지 모르는지 대개는 데면데면하고 어떨 때는 냉담하기까지 했다. 어쩌다 등이라도 쓰다듬어 주려고 다가가면 부리나케 도망가기 일쑤였다. 베란다에서 해방된 이후 근 한 달이 넘도록 나를 대하는 야옹이의 태도는 변함없었다.

하지만 아내를 대하는 태도는 사뭇 달랐다. 사실 아내가 야옹이를 위해 하는 일은 아무것도 없다. 나처럼 밥을 챙겨주지도 않고 대소변을 치우는 일도 없다. 큰딸 이불에 야옹이가 실례를 하면 "이 놈의 자식!" 하면서 눈물 쏙 빠지게 혼내는 것도 아내여서, 야옹이에게는 가장 무서운 존재다.

그런데도 야옹이는 아내와 빠른 시간에 친구가 되었다. 쓰다듬어도 거부하지 않고, 아내가 소파에 누워 TV를 보거나 신문을 볼 때면 영락없이 옆에 가서 엎드린다. 심지어 가슴을 파고들거나 뽀뽀하려고 얼굴을 들이밀기도 한다.

그런 모습을 보면 어이가 없어진다. 하지만 그것도 야옹이의 놀라운 생존 본능 중 하나겠지. 우리 집 권력 서열 1위인 아내에게 잘 보여야 쫓겨나지 않는다는 것을 본능적으로 깨달은 것이다. 물론 나도 마찬가지이긴 하지만.

작은딸도 수고에 비하면 쉽게 야옹이의 사랑을 얻었다. 수험생이라 야옹이를 보는 시간이 가장 짧지만 둘의 유대감은 밀도 면에서 어느 누구도 따라가지 못한다. 작은딸이 집에 들어서는 순간부터 야옹이는 좋아서 어쩔 줄 모른다. 화장실에 가면 쫓아가고, 식탁에 앉으면 그 밑으로 기어 들어가 아이의 다리에 부비부비를 한다.

나는 그 이유가 영혼의 맑기에 있다고 생각한다. 작은딸이 야옹이를 대하는 태도는 그야말로 청정무구하다. 큰딸이나 아내가 야옹이를 방으로 들여보내려고 발로 야옹이를 건드리는 시늉을 하면 작은딸은 기겁한다. 야옹이를 쓰다듬을 때도 마치

성스러운 존재를 만지기라도 하듯 부드럽게 손을 내민다. 야옹이는 이런 작은딸의 태도에서 정성과 혼이 담긴 소통의 기운을 느끼는 것이 아닐까?

지성이면 감천이라고 했던가. 나를 대하는 야옹이의 태도에도 변화가 생기기 시작했다. 어느 날 저녁을 먹고 나서 여느 때처럼 밥을 챙겨주려고 방문을 여니 야옹이가 장롱 위에서 나를 빤히 내려다보고 있었다. 똥오줌을 치우고 미니 청소기를 돌리고 물을 갈아줄 때까지도 변함없는 자세로 나를 쳐다봤다. 아마도 내가 하는 일련의 동작들이 자신을 위한 양육 행위임을 깨닫기 시작한 것 같았다.

그 후부터 야옹이는 나를 피하지 않는다. 쓰다듬어도 도망가지 않고 눈을 지그시 감는다. 글을 쓰기 위해 노트북을 켜면 옆에 와서 편하게 드러눕기까지 한다. 아내와 아이들만큼 유대감이 깊어지지는 않았지만 이 정도만 해도 많이 발전한 것이다.

글을 쓰는 동안 옆에서 세상모르고 자는 고양이를 보면 내 영혼도 절로 맑아진다. 그럴 때면 사라 밴 브레스낙의 말이 생각난다.

"어쩌면 고양이는 항상 해야 할 일이 수두룩한 정신없이 바쁜 세상에 무위의 역설을 가르치러 온 선(禪)의 스승일지도 모른다.”

　그의 책《혼자 사는 즐거움》속 한 구절을 읽으며 고양이의
존재론적 의미를 새삼 깨닫는다.

18

"야옹"과 "하악"

　지금까지 관찰한 바에 따르면 고양이는 감정 기복이 그다지 심하지 않다. 기분이 좋을 때와 나쁠 때를 구별할 수 있는 정도다. 그래서 나는 야옹이의 울음소리를 귀 기울여 듣고 감정을 파악한다.

　뭔가 불만이 있거나 요구 사항이 관철되지 않을 때 야옹이는 거실 한가운데서 뚱한 표정을 지으면서 무언의 시위를 하곤 한다. 고양이가 사용하는 언어 가운데 가장 흔한 것은 "야옹"이라는 의성어다. 하지만 나라마다 표기하는 방식이 다른 걸 보면, 고양이의 언어를 인간의 귀로 듣고 표기하는 데는 한계가 있다. 베르나르 베르베르의 장편소설 《개미》에 나오는 장면처럼, 인

간과 동물의 의사소통을 도와주는 기계 장치를 도입하지 않는 이상 인간과 고양이가 완벽히 소통 가능한 대화를 나누기란 불가능할 것이다.

그렇다고 소통 수단이 없는 것은 아니다. 함께 살면서 교감을 나누다 보면 자연스럽게 고양이의 언어에 익숙해지고 경험으로 그 의미를 짐작할 수 있기 때문이다. 밥 달라고 조를 때나 아이들이랑 부비부비를 할 때는 순한 목소리로 "야옹, 야옹"을 무한 반복하는 걸로 봐서 고양이를 상징하는 "야옹"이라는 단어 속에는 공격성이 전혀 없다. 고양이가 내는 "야옹" 소리와 시니피에(기의)가 같은 단어를 꼽자면, 인간이 사용하는 언어 가운데 가장 평화롭고 심리적 안정감을 주는 단어인 '엄마'가 아닐까 한다.

저녁밥뿐 아니라 아침밥까지 내가 챙기기 시작하면서 나도 "야옹" 소리를 자주 듣는다. 오전 6시 반쯤 큰딸을 깨워 출근 준비를 시키고 겸사겸사 야옹이 밥을 챙겨주기 위해 방문을 열면 야옹이는 늘 같은 자세로 침대 끝에 쭈그리고 앉아 있다가 나를 향해 "야옹 야옹"거린다.

"야옹" 이외의 소리는 대개 부정적인 의미를 지닌다. 그 종류가 몇 가지 있지만 대표적인 소리는 "하악"이다. 발톱을 깎으려고 억지로 안으면 언제나 "하악 하악"거린다. 자신의 의지에 반하는 강압적 행동에 대한 거부 의사를 그렇게 표현하는 것이다.

최근에는 밖에서 야옹이 엄마가 내는 "하악" 소리에 무척 놀란 적이 있다. 온순하기만 하던 야옹이 엄마는 어느 날 자신보다 덩치가 조금 작은 검은 고양이 한 마리가 밥그릇 근처로 다가오자 무서운 표정으로 하악거렸다. 하지만 검은 고양이가 눈을 내리깔면서 고개를 숙이자 이내 곁을 내 주었다. 심지어는 자신의 밥그릇에 입을 갖다 대고 사료를 함께 먹어도 그냥 두었다.

고양이 세계에서도 밥그릇 싸움은 치열하다. 하지만 질서에 순응하는 태도를 보이면 밥 한 그릇에 담긴 사료도 기꺼이 나누는 것이 고양이란 걸, 야옹이 엄마를 보며 알았다.

집사의 분리불안과
슈뢰딩거의 고양이

야옹이는 매일 자발적인 감금과 해방을 반복한다. 집에 사람이 없는 낮 시간에는 하루 종일 큰딸 방에 혼자 있다가, 저녁이 되면 밖으로 나와 인간들과 놀기도 하고 소파에 누워 휴식도 한다. 내가 집에서 글을 쓸 때는 낮에도 가끔 자유를 맛보지만, 그런 일은 예외적인 일이다.

그러다 보니 안 보이는 동안에는 늘 야옹이의 안부가 궁금하다. 지난번 실종 사건도 있고 해서 혹시나 어디로 사라져버린 건 아닌지 마음 한구석이 불안하다. 물리학 법칙이 엄연하니 원자 덩어리인 야옹이가 한순간에 자취를 감출 리는 없지만, 사람마음은 그렇지 않다. 내 마음속 야옹이는 슈뢰딩거의 고양이처럼 살아 있을 확률이 언제나 50%이다. 큰딸 방문을 열고 내 눈으로 야옹이의 실존을 확인하기 전까지는 그 반반의 생존 확률이 변하지 않는다.

어제는 에어컨을 새로 설치하느라 낮에 집이 좀 복작거렸다. 설치 기사 두 분이 현관문을 개방해둔 채로 근 세 시간 가까이 집을 들락거렸다. 기존에 있던 에어컨과 실외기를 떼어내 밖으로 들어내고 새로 구입한 에어컨 세트 박스를 들여와 설치하는데 생각보다 시간이 오래 걸렸다. 실외기와 연결되는 관을 점검할 때는 가스통까지 들여와서 쉭쉭 소리를 내면서 가스를 주입했다.

에어컨 설치 시간이 예상보다 길어지면서 은근히 야옹이가 걱정됐다. 낯선 외부인의 발자국 소리, 평소 듣지 못했던 가스 주입 소리, 선임 기사가 조수 기사에게 업무 지시를 내리는 새된 목소리 등 모든 소리가 야옹이에게는 불안 요인이었다.

에어컨 설치 기사들이 공구를 챙겨 집을 나가자마자 나는 청소기를 돌렸다. 그리고 곧바로 큰딸 방문을 열었다. 다행히 야옹이는 사라지지 않았다. 평소와 다름없는 자세로 눈을 게슴츠레 뜨고 장롱 위에 엎드려 있었다. 표정을 보니 '나도 이제 인간 세계의 소리에 별 신경 안 써'라고 말하는 것 같다. 비로소 마음이 놓인다.

슈뢰딩거는 왜 하필이면 고양이를 가설의 주인공으로 설정했을까? 그것도 독극물과 같은 위험한 물질과 함께 말이다. 어쩌면 슈뢰딩거도, 고양이가 안 보이면 도지는 집사의 분리불안을 알았던 걸까?

20

발톱 깎기 전쟁

　고양이를 키우면서 치러야 하는 또 다른 대가 중 하나는 집 안 곳곳에 남는 스크래치 자국이다. 고양이의 야생성을 상징하는 신체 기관 중 대표적인 것이 발톱이다. 앞발 좌우 각 다섯 개, 뒷발 좌우 각 네 개씩 총 열여덟 개인 발톱은 날카롭기도 하고 자라는 속도도 무척 빠르다. 먹는 것들이 전부 발톱으로 가나 싶을 정도로 빨리 자란다.

　밖에서 생활할 때는 이 발톱이 자신을 지키는 비장의 무기이지만, 집에서 고양이를 키우는 인간 입장에서는 여간 골칫거리가 아니다. 야옹이의 경우도 예외가 아니다.

　야옹이는 베란다에서 해방된 후 곳곳을 자신의 영역으로 넓

혀나가는 중이다. 영역 표시의 일환으로 가구나 벽지 등에 수시로 얼굴을 문지른다. 아내의 가방, 빨래 건조대에 널어놓은 아이들의 속옷까지도 넘본다.

기죽지 않고 활달하게 새로운 환경에 적응을 하는 모습이 처음에는 보기 좋았다. 하지만 문제는 얼굴을 문지르는 데 그치지 않고 발톱으로 긁어 여기저기 상처를 남긴다는 점이다. 신축 아파트라 벽지도 깨끗하고, 가구나 소파와 같은 고가의 물건들도 이사 오면서 모두 새로 구입했기에 아직 손때도 채 묻지 않은 물건이었다. 여기에 흠집을 내니 야옹이의 기를 살려주자고 마냥 오냐오냐 할 수만은 없는 노릇이었다.

아내는 야옹이의 발톱 긁는 습성에 특히 예민했다. 뭔가를 살짝 긁는 소리만 들려도 호통을 쳤다. 하지만 소용없다. 야단을 맞으면 눈치를 보면서 슬금슬금 뒷걸음질 치지만 이내 똑같은 행동을 되풀이했다.

큰딸도 문제의 심각성을 깨달았는지 어느 날 인터넷 쇼핑몰에서 고양이 발톱 깎는 작은 가위를 구입했다. 발톱을 깎아 스크래치를 원천적으로 예방하겠다는 발상이었다.

그러나 야옹이 발톱을 깎기란 고양이 목에 방울을 거는 것만큼이나 어려웠다. 아내가 살금살금 다가가 다리를 낚아채도 어느새 손아귀를 벗어나 버린다. 어쩌다 성공해도 발톱 한두 개 깎는 것이 고작이다.

어제는 고양이들이 환장한다는 '츄르'라는 간식으로 야옹이를 유혹한 후 발톱을 깎으려 했지만 결국 실패하고 말았다. 남은 것은 야옹이가 큰딸의 이불에 남긴 오줌 테러의 후유증뿐. 덕분에 나는 이불을 발로 빼느라 자정이 다 되어서야 잠자리에 들 수 있었다.

고양이의 발톱 처리 문제에 대해서도 나는 아내와 다른 입장이다. 인간이 고양이와 함께 살 수는 있지만, 고양이를 인간의 틀에 완벽하게 맞출 수는 없다. 손발톱이 자라면 잘라주는 것은 인간의 습성이지 고양이의 습성은 아니다. 발톱은 야옹이가 하듯이 캣타워 기둥을 긁어서 스스로 관리하도록 둬야 한다는 것이 내 생각이다.

굳이 말하자면 나는 자연주의자다. 큰딸 때문에 불가피하게 집으로 데려와 키우고 있지만 타고난 고양이로서의 본성은 최대한 존중해줘야 한다고 본다. 그것이 순리다. 억지로 고양이를 인간의 문화 양식에 맞추려 하니 오줌 테러 같은 후유증만 남기는 게 아닌가.

내가 땀을 흠뻑 흘려 가면서 이불 빨래를 하는 밤늦은 시간,

비자연주의자인 아내와 큰 딸은 곤히 자고 있다. 공존의 대가로 주어지는 향기로운 열매는 식구들 모두의 몫이지만, 그것이 남기는 향기롭지 못한 뒤처리는 여전히 나의 몫이다.

21

야옹이와 아내의 힘겨루기

큰딸이 마라톤 대회에 참석한다고 새벽같이 일어나 부산을 떤다. 밥을 해 먹인다고 아내도 덩달아 일찍 일어난 바람에 나도 일찍 눈이 떠졌다. 이불 위에서 뒹굴뒹굴하고 있는데 갑자기 아내가 소리를 지른다.

"못 살아, 야옹이가 내 옷에 오줌 쌌어!"

헉, 스트레스가 심하면 큰딸 이불에 오줌을 싸는 일은 가끔 있었지만, 옷에다 오줌을 싼 적은 한 번도 없었는데 이게 무슨 일이람?

부리나케 일어나 나가 보니 거실 장식장 앞이 테러 현장이었다. 자리에서 일어나지 않은 나 대신 큰딸을 전철역까지 태워

다 주려고 준비하던 아내가 점퍼를 장식장 앞에 잠시 던져두었는데 그게 사단을 일으켰던 모양이다.

들여다보니 야옹이 녀석, 질펀하게 많이도 쌌다. 휴지를 가져와 두세 번 훔치고 걸레로 닦은 뒤 점퍼를 손으로 빨아 안방 베란다에 걸어두었다. 저번 큰딸 이불 위 오줌 테러 때도 그랬지만, 야옹이가 사고를 친 후 모든 뒤처리는 종류 불문 내 몫이다.

야옹이는 제가 무슨 짓을 했는지도 모르고 하늘만 멀뚱히 쳐다본다. 아내가 다른 점퍼를 걸치고 나간 후에 상황 파악을 해보니 짚이는 구석이 있다. 검은색 점퍼 중간 중간에 연한 갈색이 조금 섞여 있었는데, 색깔이 화장실 모래랑 비슷해서 착각을 일으킨 모양이었다. 그게 아니라면, 최근 며칠간 소파랑 벽지를 긁어대는 야옹이를 아내가 심하게 혼냈는데 그 앙갚음이었나? 후후, 그렇다면 야옹이의 오줌 테러는 완전 뒤끝 작렬인 셈이다.

하루는 궁금한 걸 보면 못 참는 야옹이가 사고를 쳤다. 외출 준비를 하던 아내가 가방을 거실 장식장 옆에 잠시 뒀는데 그새 가방 안으로 잠입한 것이다.

가방 안에 있던 물건을 끄집어 내 장난감처럼 발로 굴리는 걸 보고 아내가 호통을 치니 부리나케 도망친다. 멀리 가지는 못하고 제습기 옆으로 가서 숨어 있다가 아내가 물건을 챙기는 모습을 물끄러미 쳐다본다.

아내와 야옹이의 힘겨루기가 언제 끝날지 자못 궁금하다. 아내에게는 어린애들이 장난치는 걸로 여기고 매사에 너무 예민해하지 말라고 말했지만, 끝없는 야옹이의 호기심이 어디까지 발전할지 살짝 걱정되기도 한다.

문 따는 고양이

동물학자이자 인류학자인 제인 구달은 아프리카 밀림 지대에서 침팬지들과 1년간 함께 살면서 그들이 도구를 사용한다는 사실을 발견했다. 침팬지들이 나뭇가지로 깊은 관 속에 숨은 개미를 끄집어내어 맛있게 먹는 모습을 목격한 것이다. 그때 세상은 발칵 뒤집혔다. 도구는 만물의 영장인 인간만이 사용할 거라 믿었는데, 그 믿음이 깨진 것이다.

고양이들의 평균적인 지능 수준은 얼마나 될까? 조선 시대 세조가 상원사를 찾았을 때, 용포 자락을 물고 늘어지며 대웅전에 자객이 숨어 있다고 알려준 고양이 이야기가 전해 내려오는 걸 보아, 상당한 수준의 분별력을 갖춘 고양이도 있는 것 같다.

최근까지 야옹이를 지켜보니, 고양이의 지능은 두세 살 정도의 아기 정도 수준인 듯하다. 초인종 소리나 청소기 소리, 믹서 돌리는 소리 등을 처음 들었을 때는 민감하게 반응했지만, 시간이 지나면서 반응이 무뎌진 걸로 봐서 경험에 의한 학습 효과가 분명히 있다.

다만 베란다 화분에 심은 식물을 물어뜯어 혼나고도 돌아서면 또 같은 일을 반복하는 걸 보면, 학습 효과가 떨어지는 건지 해선 안 되는 걸 알면서도 그냥 싫어서 말을 안 듣는지 판단하기가 어려웠다.

그러던 어느 날, 야옹이의 학습 능력을 재평가할 만한 중대 사건이 일어났다. 야옹이를 큰딸 방에서 못 나오게 할 때면 항상 방문을 닫아둔다. 딸까닥 소리가 나게 꽉 닫지는 않지만, 문과 문틀 사이 틈이 없게 당겨 닫아두곤 했다. 그것만으로도 야옹이를 못 나오게 하기에는 충분하기 때문이다.

한데 오늘 아침 야옹이가 스스로 앞발로 문을 당겨 틈을 내더니 그 사이로 빠져나오는 게 아닌가. 한 술 더 떠서 바로 옆에 있는 아이들 화장실 문을 발로 밀어 열기까지 했다. 큰딸 방문은 앞으로 당겨서 열어야 하고, 화장실 문은 밀어야 열린다는 걸 매일 관찰하면서 학습했나 보다. 지능을 문제 해결력이라고 정의한다면,

야옹이에게도 분명 지능이 확인된 것이다.

"아이고, 우리 야옹이 사람 다 됐네!"

나도 모르게 감탄사가 흘러나왔다. 출근 준비 중인 아내에게 방금 본 광경을 들려주며 놀랍지 않으냐고 했더니, 뭐가 못마땅한지 "좋기도 하겠수" 하며 퉁을 놓는다. 아침부터 화분에 올라가 흙을 파헤치는 야옹이를 한바탕 혼내더니 또 심사가 틀어졌나 보다.

그래도 나는 마냥 신기하기만 하다. 이 속도로 점점 지능이 발달해 나가다 보면 조만간 "야옹아" 하고 불렀을 때 고개를 홱 돌리면서 "나 불렀어요?" 하는 표정을 지을 것 같다.

23

얌전한 고양이가
부뚜막에 먼저 올라간다고?

야옹이에게 가장 미안할 때가 우리끼리만 맛있는 음식을 먹을 때다. 주말 저녁이면 아내와 나, 두 딸 이렇게 네 식구가 모처럼 함께 밥을 먹는다. 고3인 작은딸 때문에 이때가 아니면 한자리에서 밥을 먹기가 힘들다. 그러다 보니 주말 저녁 메뉴는 늘 특식이다. 주로 고기를 구워 먹는 경우가 많다.

어제 저녁에는 닭다리를 구워 먹는데 야옹이가 식탁 주변에 와서 물끄러미 쳐다본다. "나도 식구인데 왜 나만 빼고 너희들끼리 맛있는 걸 먹어?"라고 항의하는 듯한 표정이 역력하다.

그래도 불만이 있을지언정 식탁 위를 무단으로 침범하지는 않는다. 후각이 발달해서 맛있는 고기 냄새를 맡으면 얼굴을 들

이밀 법도 한데 그냥 빤히 쳐다보기만 한다. 역시 신사적이다.

앞으로 어떤 변화가 있을지는 모르겠지만 야옹이는 단 한 번도 식탁을 무단으로 덮친 적이 없다. 참치 캔을 제 밥그릇에 덜어 줄 때면 영락없이 야옹거리지만 우리가 밥을 먹을 때는 일체 소란스럽게 구는 법이 없다. 특별히 밥상머리 교육을 시킨 적도 없고, 식탁에 올라온다고 혼난 경험도 없는데 야옹이는 그냥 당연한 일인 듯 인간의 밥상을 침범하지 않는다.

얌전한 고양이가 부뚜막에 먼저 올라간다고? 음식 냄새 앞에서도 얌전한 야옹이를 보면 왜 이런 속담이 생겼는지 모를 일이다.

집 안은 안전해

평소에는 아내와 함께 저녁을 먹은 후 별다른 신호 없이 큰딸 방문을 열고 들어가 청소한 후 야옹이 밥을 챙겨 준다. 하지만 어제는 아침에 있었던 신기한 사건(방문 따기)이 뇌리에 남아, 문을 열기 전에 "야옹아" 하고 불러 보았다.

그랬더니 놀라운 일이 일어났다. 마치 내가 부르기를 기다렸다는 듯이 즉각 "야옹" 하는 소리가 들렸다. 문을 열었더니 장롱 위에서 폴짝 뛰어내려와 나에게 안길 듯이 다가왔다. 평소에는 거실에서 얼굴을 쳐다보면서 "야옹아" 하고 불러도 눈만 멀뚱 멀뚱 뜬 채 아무 반응을 보이지 않았는데 이번에는 밖에서 나는 소리만 듣고도 즉각 반응한 것이었다.

더 놀라운 일은 그다음에 일어났다. 아내가 수업 준비를 하느라 컴퓨터 작업을 하는 동안, 야옹이를 큰딸 방으로 들여보낸 후 산책 겸 운동을 나갔다. 아내는 오는 길에 마트에 들러 야쿠르트와 양배추를 사오라는 미션을 줬다.

근린공원에 설치된 운동기구들을 한 번씩 섭렵한 후 마지막으로 자전거를 열심히 타고 있는데 큰딸에게서 전화가 왔다.

"아빠 어디야?"

"6, 7단지 사잇길 공원에서 운동하고 있는데, 왜?"

"무인택배함에 고양이 모래랑 참치 캔이 있는데 무거워서 못 들겠어. 아빠가 와서 좀 들어줘."

"운동 중이야. 끝나고 마트에도 들러야 돼. 문을 다시 닫아두면 있다가 내가 찾아갈게."

큰딸에게서 잠시 후 문자 메시지가 날아왔다.

"그냥 내가 들고 왔음."

혼자 못 들 정도로 무겁지는 않았던 모양이다.

마트에 들러 물건을 산 후 집에 돌아와 현관문을 열었더니, 낯선 장면이 눈을 사로잡았다. 고양이 물품을 담았던 빈 상자 두 개가 현관에 널브러져 있고 중문은 닫혀 있는데, 야옹이가 몸을 곧추세우고 집 안을 애타게 들여다보고 있었다. 큰딸이 택배함에서 가져온 모래 박스랑 참치 캔 상자를 현관에서 뜯느라 중문을 열어둔 사이 야옹이가 슬그머니 현관으로 나왔던 모양이다. 그걸 못 본 큰딸은 작업이 끝나고 제 몸만 들어간 후 중문을 닫았던 것이다.

참으로 어이가 없었다. 아내와 나한테는 그렇게 주의를 주면서도 정작 자기는 야옹이를 현관에 둔 채 중문을 닫아버리다니. 내가 현관문을 연 사이 야옹이가 얼른 밖으로 뛰쳐나갔다면 꼼짝없이 잃어버릴 수도 있었다.

그런데 다행히도 야옹이는 그렇게 하지 않았다. 내가 현관에 들어서도 중문 유리창에 찰싹 달라붙어 뚫어져라 안을 쳐다보고 있다가, 중문을 열어주자 기다렸다는 듯 잽싸게 들어갔다. 야옹이에게 안과 밖을 구분하는 공간 지각 능력이 생긴 것이다. 중문 안쪽은 자신이 안전하게 생활할 수 있는 공간이고, 바깥쪽은 위험한 공간이므로 필사적으로 안으로 들어가야 한다는 인식이 자리 잡았나 보다.

아침에는 야옹이에게 문을 여닫는 문제 해결력이 있다는 사실을 확인했고, 저녁에는 야옹이가 상황을 예측하고 반응하는 능력과 공간에 대한 지각 능력을 가지고 있음을 확인했다. 인간과 완벽하게 소통할 수 있는 고차원의 지각 능력이 야옹이에게 있을지 모른다는 기대감이 든다. 야옹아, 부디 무럭무럭 성장하거라.

25

뒤처리는 아빠의 몫

야옹이가 실내 생활에 적응하고 문제 해결력이 생기면서 사고치는 횟수도 덩달아 늘었다. 어제는 큰딸 방 화장대 서랍을 혼자 열고 헤집었다. 머리끈과 화장할 때 쓰는 면봉 등을 집히는 대로 끄집어내다 방바닥에 어질러 놓았다. 면봉 봉지와 마스크 팩 비닐 커버는 물어뜯고, 털 달린 머리끈 하나는 장난감처럼 가지고 놀았는지 침대에 뒹굴고…. 그야말로 난리 통이었다. 서랍을 아무리 꼭 닫아둬도 소용없다. 손잡이를 발로 당겨 여는 요령을 깨우치고 나니 속수무책이었다.

처음에는 녀석이 잔머리를 굴려 서랍을 여는 게 귀엽고 신기했다. 하지만 그런 일이 몇 번 거듭되니 이제는 신기한 걸 떠나 골치가 아플 지경이다. 덕분에 딸 방을 청소해줘야 하는 시간도 늘어났다.

그나마 야옹이에게 호의적인 내가 이럴진대 아내는 어떻겠는가? 진저리를 치면서 "저 놈의 자식, 또 사고 쳤어?"라는 말을 입에 달고 산다.

지능이 발달하면서 감정 표현도 풍부해지는 것일까? 소파를 긁어대다가 아내에게 들켜 혼이 난 야옹이는 반성하는 눈빛으로 의자에서 꼼짝도 않고 앉아 있는가 하면, 고양이의 습성을 몰라줘서 섭섭하다는 듯 뚱한 표정을 짓기도 한다. 오므린 채 쭉 뻗은 앞발은 마치 시위라도 하는 것 같다.

"나는 마음껏 뛰놀고 싶다냥. 자유를 보장하라냥!"

야옹이의 든든한 우산,
작은딸

어느덧 작은딸도 고3이 되었다. 입시생이라는 특수 신분 때문에 야옹이랑 자주 놀아주지는 못하지만, 잠깐이라도 같이 있는 시간에는 늘 살갑게 대해준다. 창틀에 앉아 밖을 내다보는 걸 좋아하는 야옹이를 위해 창가에 담요를 깔아주고, 만병의 근원인 비만을 예방하려면 매일매일 운동을 시켜야 한다면서 털 달린 장난감으로 야옹이를 이리저리 몰고 다닌다. 야옹이가 소파를 발톱으로 긁었다고 아내에게 혼날 때도 작은딸은 늘 야옹이 편을 들었다.

"엄마, 고양이 키우는 집은 다 그런 거야."

음식물 쓰레기봉투를 뒤지는 야옹이를 발견했을 때도 아내

와 작은딸의 반응은 달랐다. 아내는 바닥이 더러워질까 봐 조바심을 냈지만, 작은딸은 야옹이가 먹어서는 안 될 걸 먹고 탈이 날까 봐 걱정한다.

야옹이도 자기를 챙겨 주는 작은딸의 진심을 아는지 항상 졸졸 따른다. 밤늦은 시간 작은딸이 집에 올 무렵이 되면 어떻게 아는지 중문 앞까지 나와 목을 빼고 기다린다. 그러다가 문 여는 소리가 들리면 잽싸게 쫓아가서 부비부비를 한다.

어느 토요일 오후, 작은딸이 점심을 먹은 후 거실에 쪼그리고 앉아 책을 보는데 어느새 야옹이가 다리 밑에 가서 엎드린다. 이 집에서 가장 어린 작은딸이지만, 야옹이에겐 가장 크고 든든한 우산 같은 존재인가 보다.

화장실이 궁금해

"아빠, 고양이는 물을 무서워 해."

야옹이를 집으로 데려오기 전 큰딸이 나한테 가르쳐 준 정보 중 하나다. 하지만 야옹이랑 지내면서 관찰해보니 이것도 인간의 편견일 가능성이 높다. 세상에는 물을 무서워하지 않는 고양이도 있는 것이다.

집 안 환경에 익숙해지면서 야옹이는 어디든 돌아다녔다. 제 밥그릇을 씻느라 내가 화장실에 들어가면 어느새 따라 들어왔다. 수도꼭지를 틀어놓고 그릇을 씻을 때면 욕조에 올라서서 고개를 숙이고 흐르는 물을 유심히 바라보았다. 그러다가 앞발로 물을 톡톡 건드려보기도 한다.

고양이는 고인 물보다 흐르는 물을 마시는 걸 좋아한다고 한다. 그게 더 신선하게 느껴져서라나. 그래서 고양이 전용 분수기형 정수기도 시중에 많이 나와 있다는데, 야옹이는 흐르는 물을 마시기보다 물방울을 갖고 장난치는 걸 더 좋아하는 것 같았다. 저리 가라며 야옹이 몸에 장난삼아 물을 한 방울 튀겨도, 잠시 도리도리를 할 뿐 물러나지 않았다.

변기 물에 대한 호기심이 넘친 나머지, 변기통에 머리를 박고 물을 마시려는 걸 발견해서 기겁하고 뚜껑을 덮은 적도 있다. 물이 가득한 화장실은 야옹이에게 두려운 공간이 아니라 호기심의 대상인 모양이다.

28

청와대 고양이도
소파는 긁을걸?

일요일인데도 아내가 새벽같이 외출 준비를 한다. 어디 가느냐고 물으니 운동 삼아 자전거 타고 강서농수산시장에 가서 꽃게를 좀 사 오려 한다. 아이들이 워낙 꽃게를 좋아해 가끔 해주는 특식 메뉴 중 하나가 꽃게탕이다. 큰딸이 워크숍 때문에 집에 없어 작은딸이랑 셋이서 꽃게탕을 먹었다.

꽃게탕 삼매경에 빠져서 쪽쪽 소리를 내면서 게살을 빨아먹는데, 야옹이도 먹고 싶은지 식탁 옆 소파에 올라가 물끄러미 허공을 쳐다본다. 가끔 취하는 동작인데 그럴 때는 백두대간을 주름잡는 호랑이를 꼭 닮았다. 기품은 늠름한데 표정에는 "왜 나는 안 주고 너희만 먹어?" 하는 불만이 역력하다.

'후후, 야옹아. 어쩔 수 없단다. 그게 너의 숙명이야.'

속으로 이런 생각을 하는데 갑자기 소파를 북북 긁는 소리가 들렸다. 욕구가 좌절되니 그런 식으로 불만 표출을 한 것이다.

아내는 또 다시 "이놈 시키!" 하면서 야옹이를 내쫓는다. 혼이 난 야옹이가 후다닥 도망을 가자 안쓰러웠던지 작은딸이 또 한마디 날린다.

"엄마, 그건 고양이 키우는 집의 숙명이야. 문재인 대통령이 키우는 고양이도 청와대 소파를 긁을걸?"

작은딸이 아빠 마음을 들여다본 걸까? 일요일 아침, 작은딸과 나는 숙명론으로 통했다. 이래저래 야옹이는 우리 부녀에게 기분 좋은 숙명이다.

29

혼나도 엄마 품이 좋아요

오후에 제주도로 워크숍을 갔던 큰딸이 양손에 선물을 바리바리 들고 돌아왔다. 점심을 먹으면서 아내에게 "큰애가 공항에서 감귤 초콜릿을 잔뜩 사 올걸" 했는데 예측이 하나도 빗나가지 않았다. 야옹이만큼이나 단순한 녀석, 이래저래 야옹이랑 천생연분이다.

큰딸은 트렁크를 열어 빨랫감을 한보따리 내놓더니 옷도 갈아입지 않고 예방접종을 하러 간다며 야옹이를 케이지에 집어넣었다. 제 자식 아니랄까봐 오자마자 야옹이부터 챙긴다.

그런데 야옹이가 심하게 운다. 목소리도 많이 구슬프다. 그렇게 좋아하는 츄르를 줘도 울음을 그치지 않았다. 그동안 우리 집에 살며 지각 능력이 생긴 덕인지, 케이지에 들어가면 자기를 어디 내다버릴 거라고 생각하는 것 같다. 혹은 여기 들어가면 싫은 곳(병원)에 가야 한다는 걸 눈치로 깨달았거나.

야옹이는 병원에 다녀온 후로도 영 활기가 없었다. 큰딸 침대 밑에 우두커니 엎드려 있다가 거실로 나오더니 식탁 의자에 앉아 꼼짝도 않는다. 그러더니 갑자기 소파에 누워 쉬는 아내 품으로 뛰어들었다. 평소에 혼만 내고 밥그릇 한번 챙겨주지 않는 아내인데 오늘은 어쩐 일로 그 품속을 파고든 걸까. 버려질까봐 두려웠던 나머지 본능적으로 엄마 품이 그리워졌을까? 사고를 치면 혼을 내지만 그래도 따뜻한 심성을 지닌 아내의 품이, 야옹이의 기억 속에는 아련한 엄마 품과 가장 가까워 보였던 모양이다. 아내 품에서 새근새근 잠들어 있는 모습을 보니 영락없는 사람 아기다.

이후로 한 번 더 병원을 방문하여 야옹이 예방접종을 4차까지 모두 끝냈다. 여름에 모기한테 물려도 안전하도록 심장사상충 예방접종까지 해서, 고양이라면 필수적으로 맞아야 하는 기본 주사를 모두 다 맞혔다. 피를 뽑아서 항체 반응 검사까지 했는데 항체도 모두 성공적으로 형성되었다. 반응검사 결과를 사진으로 봐도 항체가 뚜렷하게 나타났다. 특별한 탈이 없으면 이제

1년에 한 번씩만 정기검진을 받으면 된다고 한다.

"야옹아, 그동안 수고했어."

오늘이 마지막 접종인 걸 저도 아는지 눈은 동그랗게 뜨고 있지만 표정은 의젓했다. 피를 뽑은 오른쪽 팔에 붕대를 감고 있는 모습이 사람과 다를 게 없다.

빨래 너는 고양이

아내와 나는 집안일을 대체로 분담한다. 밥은 아내가 하고 설거지는 내가 한다. 빨래 돌리는 건 아내 몫이고, 다 된 빨래를 건조대에 너는 것은 내 몫이다. 빨랫감이 많을 때는 너는 데만도 근 30분이 걸린다.

집의 방향과 구조상 햇볕이 잘 들어오는 건조대 아래쪽은 주로 수건을 펼쳐서 넌다. 빨랫감이 없을 때는 행주를 삶아 햇볕에 말리는데, 낮은 쪽에 널어둔 행주들은 쉽게 야옹이의 표적이 되어 몇 번이나 바닥에 떨어지는 바람에 먼지가 묻고 만다. 결국 쓰지도 않은 행주를 두세 차례 거듭 빨아야 하는 경우가 생겼다.

어제도 예외가 아니었다. 저 녀석 또 장난치나 싶다가도, 널려 있는 행주를 잡아당기는 모습이 마치 집안일을 거들려는 모양새였다. 이 집에서 자기 뒤치다꺼리를 가장 많이 하는 아빠의 노고를 알고 도와주고 싶었나? 바쁜 모내기철에는 고양이 손이라도 빌리고 싶다더니…. 비록 녀석 때문에 일이 늘어도 대견한 마음에 뿌듯하기만 하다.

31

윌리엄스 씨,
고양이를 키워보긴 했나요?

야옹이는 이제 갓 한 살 정도의 고양이다. 야생에서 지낸 시간은 길지 않지만 쥐를 잡는 본능만큼은 여전히 살아 있는 것 같다. 쥐 모양 장난감을 보면 즉각 사냥에 나서고, 족히 30분 정도는 쉬지 않고 집중한다. 발로 톡톡 건드리다 후다닥 다가가 입으로 콱 물고 360도 공중회전을 하기도 한다.

운동 삼아 하는 놀이로는 그저 그만이지만 처음에는 부작용을 우려하기도 했다. 저러다가 흥분한 나머지 우리를 사냥감으로 여기고 공격하면 어쩌지, 하는 어처구니없는 불안감도 들었던 것이다. 하지만 지켜본 결과 단순한 억측에 지나지 않았다. 큰딸이 쥐방울 장난감을 사 온 지도 일주일이 넘었지만, 야옹이는 여전히 우리 식구들과 평화로운 공존을 유지하고 있다. 앞으로도 인간의 변덕이나 욕심 때문이 아닌, 고양이 때문에 우리의 공존이 깨지는 일은 없을 것 같다.

고양이가 문학 작품에 주인공으로 등장하거나, 혹은 실제로 등장하진 않더라도 제목에 인용된 사례를 보면 고양이의 성품을 인간의 속성에 비유한 것이 많다. 예컨대 테네시 윌리엄스의 희곡《뜨거운 양철지붕 위의 고양이》에는 고양이의 '고' 자도 등장하지 않지만, 그럼에도 제목에 고양이를 넣은 것은 인간의 욕망을 고양이에 빗대기 위해서다. 그의 희곡에 나오는 인간 군상들은 무척 무기력하고 폭력적인데, 그들은 주체하지 못하는 욕망으로 공존의 룰을 침범하고 파괴한다.

하지만 공존의 미덕을 잃지 않는 야옹이와 살아 보니, 테네시 윌리엄스가 작품 제목에 고양이를 끼워 넣은 건 실수 같다. 그는 과연 고양이를 키워보기나 했을까?

물론 고양이도 욕구가 있는 존재이기에 무언가를 욕망한다. 그러나 그 욕망 때문에 공존의 룰을 깨지는 않는다. 그런 모습을 보노라면, 결혼해서 살기보다 고양이와 사는 것을 선택한 1인 가구가 늘어나는 것은 어찌 보면 자연스러운 일인지도 모르겠다. 욕망을 주체하지 못하고 공존의 룰을 파괴하는 인간들보다,

욕망은 하지만 공존의 틀을 깨지 않는 고양이와 사는 것이 더 맘
편하게 느껴질 수 있으니까.

32

아프지만 말아줘

야옹이에게도 신체 리듬이 있다. 평소보다 활발하게 움직이는 날이 있는가 하면 맥없이 축 늘어져 있는 날도 있다. 활동이 왕성할수록 집 안 가재도구를 망가뜨리는 일이 잦아지고 먼지도 많이 날리지만, 그래도 그런 야옹이가 좋다. 힘이 없어 보이면 왠지 측은한 마음이 든다.

어제는 평소보다 조금 일찍 큰딸 방문을 열어주었는데 야옹이가 통 거실에 나올 생각을 않는다. 문을 열고 나와서 잠시 거실 쪽을 응시하더니, 청소기를 돌리자마자 잽싸게 큰딸 방 장롱 위로 도망친다. 위험을 느끼면 가장 먼저 찾는 곳이다. 청소기 소리에 어느 정도 익숙해져 청소기가 곁을 지나가도 슬금슬금 뒷걸음질 치면서 비켜주는 정도였는데, 이날은 왠지 달랐다. 괜찮다고 내려오라 손짓해도 눈만 게슴츠레하게 뜬 채 웅크린다.

청소기 돌아가는 소리가 멈춰도 마찬가지였다. 장롱 위에서는 내려왔지만 여전히 밖으로 나오지 않는다. 큰딸 방 베란다에서 창밖을 내다보다가 캣타워에 올라가서 쪼그리고 있기를 반복한다. 내가 가서 "야옹아" 하고 부르면 쪼르르 달려 나왔다가도 금세 다시 베란다로 가버린다. 거실에 나와서 잠시 내 옆에 있을 동안에도 손으로 눈을 가린 채 누워 있다. 발을 톡톡 건드리면서 장난을 걸어도 특별한 반응 없이 심드렁하다.

어디가 아픈 것이 아닌지 걱정했는데 오늘 아침에는 일어나자마자 방방 뛰면서 온 집안을 누빈다. 너무 격하게 뛰면서 돌아다녀서 아침부터 먼지를 날린다며 아내에게서 또 한 번 혼이 났다. 그래도 나는 마음이 놓인다. 어제는 아팠던 것이 아니라 신체 리듬이 쳐진 탓이었구나! 야옹아, 사고를 쳐도 좋으니 아프지 말고 튼튼하게 자라거라.

33

알면 좋아하고,
좋아하면 즐기는 법

내 어머니는 치매를 앓고 계신다. 올해 여든일곱이시지만 당신 나이를 여전히 여든넷으로 기억하고 계신다. 3년 전 요양원에 모셨는데 그 당시 시점에서 기억이 멈춘 탓이다.

나를 동생과 헷갈리시기도 하고, 내가 요양원 2층에 산다고 착각하시고는 아들이 가까운 곳에 살면서 한 번도 얼굴을 안 비친다고 서운해 하시기도 했다. 연세가 있으시니 어쩔 수 없다고 생각하면서 마음을 달래지만, 때로는 자식들 뒷바라지하느라 고생하면서 지나온 어머니의 그 세월이 야속해 속으로 눈물짓는다.

그래서 지난 대선 때 문재인 대통령 후보가 치매 국가책임제를 공약으로 내건 걸 보고 환호했다. 공약이 시행되면 경제적

부담이 가벼워지기도 하거니와, 기억을 잃어버린 사람들과 그 가족들의 눈물을 국가가 나서서 닦아주겠다던 말이 너무도 반가웠다.

자주 뵙지는 못하지만, 요양원에서 SNS에 올려주는 동영상이나 사진 속 어머니가 잘 계신지 살피는 것도 야옹이를 보살피는 것만큼 중요한 일상의 과제다. 어제는 휴대전화 스피커를 켜 놓고 어머니 모습이 담긴 동영상을 보는데, 야옹이가 옆에 다가와서 유심히 귀를 기울였다. 영상 속에는 잔잔한 고전음악이 배경음으로 흘러나왔는데 야옹이는 그 소리가 신기했는지 연신 눈동자를 굴리면서 고개를 도리도리 저었다. 그 모습을 보니 야옹이와 기본적인 의사소통만 되는 것이 아니라, 머지않아 음악 감상 같은 문화생활도 함께할 수 있을 것만 같았다.

알면 좋아하고, 좋아하면 즐기게 된다더니 야옹이에게도 이 진리가 통용될 것 같다. 그러니 앞으로 자주 음악을 들려줘 볼 생각이다. 벌써부터 근사한 오케스트라 지휘자 폼을 흉내 내는 야옹이의 모습이 눈앞에 그려진다. 어쩌면 너무 빨리 김칫국을 마신 걸 수도 있겠지만.

34

나의 껍딱지

어설프나마 서로 의사소통이 되기 시작하면서 야옹이가 내게 들러붙어 떨어지지 않는 날이 많아졌다. 아침에 큰딸 방문을 열면 어김없이 나를 기다리고 있다가 야옹거린다.

저녁에도 마찬가지다. 방문을 열기 무섭게 밖으로 나와 내 주위를 빙빙 돌면서 다리에 얼굴을 문지르고 코를 킁킁거린다. 소파에 있을 때는 내 곁의 붉은색 방석에 엎드려 편하게 자기도 하고, 나를 물끄러미 쳐다보기도 한다.

어제는 뽀뽀도 했다. 배우 공유가 모델로 나오는 광고 영상에서 고양이랑 뽀뽀를 하기에 야옹이가 입을 삐죽이 내밀 때 나도 과감하게 공유를 따라 해 봤는데, 야옹이의 작고 빨간 코에

입술이 닿은 첫 느낌이 나쁘지 않았다.

야옹이는 이제 거의 나의 껌딱지가 되었다. 문재인 대통령이 키우는 '퍼스트 캣' 찡찡이도 대통령 곁에서 떨어지지 않으려 한다던데, 우리 집 야옹이도 내게 보이는 애착의 강도로는 찡찡이에게 결코 지지 않는다. 어떤 때는 큰딸이 퇴근하고 와도 멀뚱히 쳐다보기만 할 뿐 내 곁에 찰떡같이 붙어 있다. 하루도 거르지 않고 밥을 챙겨주고 똥오줌을 치워주며 방을 깨끗이 청소해준 공을 야옹이가 이제야 알아주나 보다.

개를 키우면 개가 사람에게 충성하지만, 고양이를 키우면 사람이 고양이에게 충성해야 한다는 말이 있다. 한데 야옹이를 키워보니 반드시 그렇지만은 않았다. 고양이도 사람과 충성스러운 관계를 맺을 수 있을 것 같다. 숙종 임금이 애지중지하던 고양이 금손이가, 숙종이 죽은 후 사흘 동안 밥도 먹지 않다가 따라 죽었다는 이야기가 전해지는데, 이것 역시 과장된 설화만은 아니지 않을까.

35

꽃보다 야옹

야옹이의 활동 공간이 넓어졌지만 아직까지 출입 금지 구역으로 정해놓은 곳이 두 군데 있다. 하나는 작은딸 방이고 또 하나는 안방이다. 작은딸이 야옹이를 무척 좋아하고 야옹이도 작은딸을 잘 따르지만 아토피가 심한 작은딸의 건강이 염려되어 부득이하게 방 출입을 통제하고 있다. 또 다른 금지 구역은 안방이다. 베란다에 화분을 두고 키우는데, 야옹이가 그걸 다 쓰러뜨리고 흙을 파헤치는 대형 사고를 친 후에는 안방도 출입 금지 구역으로 지정했다.

출입 금지 구역이라고 해서 야옹이의 발길이 전혀 닿지 않는 것은 아니다. 산 입구에 '입산 금지 구역'이라고 쓴 간판을 세

워놓아도 무단으로 산을 오르는 사람들이 늘 있듯이, 야옹이도 우리가 방문을 열어놓고 잠시 방심한 틈을 타 잽싸게 안방을 들락거린다. 작은딸 방은 밤늦게까지 닫아둬서 야옹이가 틈새를 노릴 기회가 원천적으로 차단되어 있지만, 안방은 아내와 내가 수시로 드나드는 공간이라 야옹이에게도 숨어들 기회가 자주 생긴다.

오늘 아침에도 무심코 안방 문을 열어둔 틈을 타서 야옹이가 베란다까지 진출했다. 밥을 먹다가 야옹이가 안 보여서 혹시 하고 안방을 들여다보니, 아니나 다를까 베란다 화분 뒤에 숨어서 꽃을 가지고 놀고 있었다. 하지 말라는 짓을 하고 가지 말라는 곳에 가도 여전히 귀여운 걸 보면, 우리 집에선 역시 '꽃보다 야옹'이다.

36

고양이는 걱정 말아요

야옹이가 집 안을 무시로 다니다보니 본의 아니게 녀석의 다리나 옆구리를 툭툭 치게 되는 경우가 생긴다. 특히 청소기를 돌리다가 이리저리 돌아다니는 야옹이의 존재를 미처 발견하지 못하고 툭 치는 경우가 종종 있었다. 길을 가다가 옆에 가는 사람과 무심결에 어깨를 부딪치면 심한 경우 시비가 벌어지기도 하는데, 야옹이는 쿨하게 넘어간다. "어이쿠, 우리 야옹이 안 다쳤니?" 하고 미안해하면 "뭘요? 고의로 그런 것도 아닌데 괜찮아요" 답하듯 시크한 표정을 지으면서 제 갈 길을 휘휘 간다.

심리적 유연성뿐만 아니라 신체적 유연성도 사람보다 뛰어나다. 안방 베란다에 잠입해서 고무나무에 올라갔다 내려올 때면 나뭇가지가 휘청거려 무척 위험해 보이는데 아무 탈 없이 사뿐하게 착지한다. 아내에게 혼이 나는 것만 감수하면 야옹이로서는 크게 위험할 일이 없다. 나무타기를 즐기는 만족감에 비하면 아내의 호통쯤이야 별 것 아니라는 듯 야옹이는 호시탐탐 안방 베란다를 노린다.

높은 곳으로 올라가고 싶어 하는 야옹이의 심리를 파악했는지 아내는 가끔 캣타워를 거실에 갖다 둔다. 캣타워를 오르락내리락 하는 야옹이의 모습이 날쌘 곡예단원을 닮았다. 그런 야옹이를 위해 공중그네라도 하나 달아주고 싶다.

37

1박 2일의 자유

호랑이와 치타 등 야생동물들이 나오는 TV 다큐멘터리를 보더니, 소파에 앉아 있던 야옹이가 잽싸게 달려가 넋을 잃고 본다. 전혀 무서워하지 않는 표정이다. 태어나자마자 아파트 단지 내에서 잠시 살다가 우리 집으로 와서 인간들과 같이 살았으니, 야옹이는 호랑이나 치타가 얼마나 무시무시한 동물인지 알 길이 없다.

큰 동물들이 제 안전을 위협한다는 걸 경험으로 체득했으면 저렇게까지 오래 쳐다보진 않았을 테니, 사람이나 고양이나 환경의 지배를 받는 건 마찬가지인 모양이다. 그래도 본능이 있을 텐데 호랑이와 치타를 저렇게 친근하게 쳐다보다니. 자기랑 모

습이 비슷한 고양잇과 동물이라 본능적으로 동족 의식을 느끼는 걸까? 아니면 야생동물이 마음껏 누리는 자유를 그리워하는 걸까.

큰딸이 약속이 있다며 방을 비운 토요일 오후, 야옹이도 주말인 줄 아나 보다. 평소에는 낮잠을 잘 시간인데 일어나 큰딸 방 베란다에서 밖을 내려다본다. 창밖으로 보이는 푸른 숲은 한때 야옹이가 자유롭게 뛰놀던 곳이었는데, 베란다 섀시가 야옹이를 감금하는 창틀처럼 보여 왠지 나까지 울적해졌다. 게다가 집 안에도 아내가 정한 금지 구역이 있으니 야옹이가 답답함을 느끼진 않을까?

그런 야옹이를 위해 아내 몰래 자유 시간을 선물할 날이 찾아왔다. 아내가 친구들과 1박 2일간 여행을 떠나면서, 나와 야옹이에게도 짧은 자유가 찾아온 것이다. 아내가 집을 나서자마자 나는 현관문과 작은딸 방문을 제외하고 집 안의 문이란 문은 모두 열었다. 그리고 안방과 베란다, 화장실 등 야옹이가 평소 들어가기 힘든 곳을 마음껏 돌아다니게 했다. 베란다 화분이 조금 걱정됐지만 하나쯤 깨먹어도 적당하게 둘러대면 되리라.

세 시간이 지났는데 야옹이가 별다른 사고를 치지 않는다. 예상대로 베란다 출입 빈도가 가장 높긴 했지만 화분이랑 빗자루, 쓰레받기, 밀대에 코를 갖다 대고 킁킁거리더니 이내 그만둔다. 시간이 조금 더 지나니 아예 안방 문지방 근처에 쭈그리고 앉아 가만히 밖을 내다보고 있다. 그간 구경 못 한 장소에 대한 궁금증이 다 해소된 모양이다. 고양이란 동물이 그렇다. 평소에 못 가본 곳은 기를 쓰고 가보고 싶어 하지만, 막상 별 곳 아니라는 걸 알면 시들해진다.

이제 야옹이에 대한 경계를 좀 늦춰도 될 것 같다. 제약을 풀어 놓고 그것이 일상화되는 것이 나에게도 야옹이에게도 가장 좋은 환경이 아닐까. 야옹이 마음대로 두어도 괜찮을 거라는 믿음이 가끔 배반당하기도 하겠지만, 그래도 이것저것 하지 말아야 할 것을 생각하며 신경을 곤두세운 채 사는 것보다 나을 것 같다. 짧은 자유를 경험하고 나니, 아내가 자주 여행을 가면 좋겠다.

38

스마트 시대,
진화하는 고양이

아내와 큰딸, 내가 나란히 거실 소파에 앉아 TV를 보는 일은 흔치 않다. 취향이 달라서 같은 프로그램을 볼 일이 별로 없기 때문이다.

큰딸은 20대 중반을 넘어섰지만 아이돌 가수 지망생들이 나와서 춤추고 노래하는 오디션 프로그램을 아직도 즐겨 본다. 본방, 재방을 가리지 않고 찾아서 본다. 인기투표에도 꼬박꼬박 참여하는 마니아 수준이다. 하지만 투표하는 기준을 보면 오디션 프로에 관심이 있다기보다는 '잘생긴 어린 아이돌'에 관심이 있는 것 같다.

간신히 리모컨을 빼앗아 아내와 내가 각자 응원하는 양 팀이

맞붙은 프로야구 경기를 보고 있으면, 그새를 못 참고 스마트폰으로 딴짓을 한다. 과거에는 좋아하는 선수(물론 좋아하는 기준은 야구 잘하는 선수가 아니라 잘생긴 선수) 유니폼을 사서 입고 잠실야구장에 직접 경기 관전을 하러 갈 만큼 열렬한 팬이었는데, 아이돌 문화에 꽂힌 뒤로는 통 야구에 관심이 없어졌다.

큰딸의 스마트폰이 신기한지 야옹이도 유심히 쳐다본다. 며칠 전에는 내 스마트폰에서 흘러나오는 고전음악에 귀를 쫑긋 세우더니, 어제는 큰딸이 보는 스마트폰 화면을 뚫어져라 쳐다보았다.

처음 우리 집에 왔을 때 야옹이는 청소기 돌리는 소리뿐 아니라 믹서 돌리는 소리도 무서워했다. 그런 소리가 들리면 후다닥 큰딸 방으로 도망갔다. 문명이라는 이름으로 인간들이 사용하는 기계가 야옹이 눈에는 괴물처럼 보였는지도 모른다. 하지만 요즘은 달라졌다. 청소기를 가져가도 빤히 쳐다보면서 뒷걸음질을 칠 뿐 예전처럼 혼비백산해서 도망가는 일은 없다.

헤어드라이어 소리도 야옹이에게 불편한 소음이었지만 지금은 완전히 익숙해졌다. 큰딸, 작은딸, 아내-세 여자가 거의 매일 쓰는 기계다 보니 다른 기계보다 더 빨리 적응하는 것 같다. 하루는 큰딸이 거실 바닥에 앉아 윙 소리를 내면서 머리를 말리는데 그 옆에 쪼그리고 앉아서 물끄러미 쳐다보았다. 옆에 내려 놓은 물기 묻은 수건을 만지작거리면서 헤어드라이어의 움직임을 지켜보는 모습이 마치 소리를 즐기는 듯한 표정이었다.

날로 진화하는 야옹이의 모습을 보노라면 녀석이 어디까지 똑똑해질지 궁금하다. 유발 하라리의 말처럼 진화를 거듭한 인간이 마침내 신이 된다면, 진화를 거듭하는 고양이들은 인간이 되려나? 그런 날이 오더라도 나는 신이 되기를 포기하고, 인간이 된 야옹이를 만나 정을 나누면서 살고 싶다.

39

엄마 고양이의 마음으로

'템테이션'. 야옹이가 가장 좋아하는 간식 이름이다. 색깔과 크기는 주식 사료와 비슷하지만, 납작하고 통통한 사각형이어서 조금 다르다. 야옹이가 내 다리 주변을 빙빙 돌면서 심하게 칭얼대면 그걸로 달랜다. 글자 그대로 템테이션으로 유혹하면 야옹이가 끔벅 넘어가기 때문이다.

접시에 이 간식을 몇 알 담아주면 야옹이는 눈 깜짝할 사이에 먹어치운다. 그리고 한동안 얌전하게 있다. 그 모습을 보는 게 귀여워서 저녁 먹은 후 두 번 정도 간식을 주었는데, 그 문제로 아내랑 다툼이 생겼다. 야옹거릴 때마다 간식을 매번 주면 버릇이 나빠진다며 날 타박하기에 "그게 그렇게 아까워?"라며 한

소리 했다가 외려 내가 된통 혼난 것이다.

아내는 일어나고 자는 것, 먹는 것 등 일상생활의 거의 모든 것들을 계획적이고 규칙적으로 하는 스타일이다. 야옹이에게도 예외가 없다. 아무리 그래도 그렇지, "어린 아기가 젖 달라고 조르면 그때마다 젖꼭지를 물리는 것이 엄마 마음인데, 아기나 마찬가지인 야옹이에게 지나치게 절제를 강요하는 것은 심하지 않느냐"고 따졌더니 아내는 "고양이랑 사람이 같냐"며 쉽게 물러서지 않는다.

오늘 저녁에는 야옹이가 심하게 간식을 조르기에, 아내 몰래 살짝 템테이션 몇 알을 주었다. 어쩐지 내가 고양이 엄마 마음이 된 것 같다. 분위기를 보니 아내도 간식을 주는 걸 눈치 챈 모양인데 웬일인지 모른 척 해 준다. 나의 '젖먹이 이론'이 통한 모양이다.

야옹아, 사는 게 이렇게 힘들단다. 그래도 알면서도 눈감아 주는 아줌마한테 고맙게 생각하렴.

흙 먹는 고양이에게도
이유는 있다

아내가 저녁 모임이 있어 어제는 혼자 밥을 먹었다. 야옹이부터 먼저 챙겨주고 빨래 돌린 것을 다 널고 저녁을 먹으니 오후 7시가 훌쩍 지났다. 허겁지겁 한 술 뜨고 소파에 앉아 TV를 보는데 야옹이가 평소와는 조금 달랐다. 그 시간이면 주로 내 옆에 와서 엎드린 채 TV 화면을 주시하거나 잠을 잘 텐데 쉴 새 없이 화분에 올라갔다. 장난감으로 유혹해서 내려오게 해도 그때뿐이다. 잠시 한 눈 팔면 어느새 또 올라간다. 발로 흙을 파면서 혀를 널름거리는 모습이 흙을 먹는 것 같았다. 큰 소리로 쫓아 봐도 소용이 없어서 화분을 안방으로 잠시 옮겨두고 문을 닫았다.

아내가 오후 10시쯤 귀가해서 화분을 거실에 다시 내놓았는

데 또 야옹이가 잽싸게 올라가 흙을 탐한다. 할 수 없이 이번에는 큰딸 방으로 야옹이를 들여보냈다.

그런데 오늘 아침에도 똑같은 행태를 반복한다. 참치 캔을 주면 뚝딱 먹어치웠는데 오늘은 두 번에 나눠서 접시를 간신히 비우더니 또 화분에 올라간다. 그러다가 아내가 심하게 혼을 내자 화분 앞에 쭉 엎드려서 뚱한 표정을 짓는다.

작은딸을 학교에 데려다주고 돌아와서 화장실에서 세수를 하는데 큰딸이 다급한 목소리로 나를 부른다. 급하면 주로 엄마를 찾는데 나를 찾는 걸 보니 분명히 야옹이 때문일 거라 짐작했다.

후다닥 뛰어갔더니 "이것 봐요"라며 캣타워를 가리켰다. 얼른 쳐다보니 캣타워 중간쯤에 참치 캔 내용물인 듯한 흔적이 한 무더기 눈에 띈다. 야옹이가 토해놓은 것이었다. 그렇게 흙을 탐하던 이유가, 알고 보니 제 딴에는 속이 좋지 않다는 걸 표현하고 싶었던 모양이다. 미안한 마음에 죄책감이 들었다.

'그것도 모르고 혼냈으니 아직도 나는 초보 집사구나.'

나가기 전에 혹시나 하는 마음에 큰딸 방문을 열어보니 야옹이는 다행히도 평소처럼 장롱 위에 올라가 엎드려 있다. "괜찮아? 푹 자고 있어. 있다가 보자" 하면서 손을 흔드니 야옹 하고 대답한다. "괜찮으니까 걱정 말고 다녀오세요" 하는 표정이다.

살면서 야속한 일이 있어도, 고의가 아니라면 고양이는 너그러이 용서해준다. 그래, 네가 나보다 낫구나, 야옹아.

아내와 야옹이의 실랑이

아내가 요즘 축농증으로 고생한다. 코에서 냄새가 나고 머리가 아픈 증상이 꽤 오래 가는 모양이다. 병원에 두 번이나 가서 약을 지어 먹었는데도 낫지 않는다. 과거에도 비슷한 증상으로 고생한 적이 있었는데 이번에는 특히 심한 것 같다. 그러다 보니 집안 공기가 싸늘하다.

야옹이도 그걸 아는지 활기를 잃은 모습이다. 저녁에는 거실에 실례를 하는 초유의 테러를 저질렀다. 아내가 보면 난리날 것 같아 얼른 휴지로 훔쳐 화장실 변기통에 버리긴 했는데 영 마음이 찝찝하다. 큰딸 말로는 사료를 바꿔 먹여서 토한 것일 수도 있다는데 모양으로 봐서는 단순한 구토가 아닌 것 같다. 작은 박

스에 쭈그리고 앉아 한참 있는 걸 보니 여전히 속이 불편한 모양이다.

좀 지나니 아내가 컨디션을 회복했다. 아침을 먹자마자 강서 농수산시장에 가더니 오이랑 대파, 쪽파, 무, 배추 등속을 한아름 사 왔다. 입맛이 없다며 밥을 제대로 먹지 않는 작은딸을 위해 오이지를 담아줄 거란다. 자두도 상자째 사 왔다. 내가 제일 좋아하는 과일이다. 좋아서 입이 떡 벌어지니까 "애들 줄 거야" 하면서 툭을 놓는다.

내가 자두에 눈독 들이는 사이, 아내는 오이를 씻어 식탁에 잔뜩 널어놓고 다른 채소를 다듬기 시작했다. 한데 눈치 없는 야옹이가 곁으로 다가가 코를 킁킁댄다. 아내가 예민할 때는 가까이 가지 않는 게 상책인데, 녀석도 참 고양이치고는 눈치가 없다.

기어이 아내가 저리 가라며 호통을 치니 화들짝 놀란 야옹이는 거실로 달아났다. 소파가 산맥이라도 되는 양 그 위로 후다닥 내달리는데, 제 딴에는 반항의 표시다. 아내가 제일 싫어하는 일이 소파에 스크래치를 내는 일이니까.

"야, 너 머리가 어떻게 됐니? 왜 이리 아침부터 풀풀 뛰어?"

아내의 호통에 기분이 나빴던지 야옹이가 식탁 밑으로 들어가더니 뚱한 표정으로 앉아 있다. 야옹이를 대신해 내가 한 마디 날렸다.

"아무리 그래도 인격모독, 아니 묘격모독적인 발언은 하지 말아주세요."

미안, 야옹아. 아줌마가 오늘 좀 예민한가 봐. 내가 대신 사과할게, 기분 풀어.

뜻밖의 서열 역전

특별한 경우가 아니면 우리 집 아침 기상 순서는 늘 정해져 있다. 아내가 가장 먼저 일어나고 그 다음이 나다. 오전 6시 20분쯤 일어나서 간단한 스트레칭을 한 후 현관문 밖에 배달되어 있는 신문을 집 안으로 가져오는 것이 기상 후 나의 일과였다. 그런데 요즘에는 순서가 조금 바뀌었다. 냉장고에 보관해둔 야옹이 참치 캔을 꺼내놓는 게 먼저다.

오전 6시 45분쯤 아내가 믹서로 주스를 만들기 시작하면 작은딸을 깨우고 이어서 큰딸을 깨운다. 큰딸 방문을 한 차례 노크한 후 곧바로 "야옹아" 하면서 문을 살짝 열면, 언제 일어났는지 문 앞에서 기다리고 있던 야옹이가 밖으로 나온다. 작은딸과 큰딸은 내가 깨울 때 즉시 나오는 경우가 단 한 번도 없었는데 야옹이는 1초도 걸리지 않는다. 아마도 우리 집의 최초 기상자는 아내가 아니라 야옹이일지도 모른다.

야옹이가 매번 아이들보다 먼저 일어나니 나와 눈을 마주치는 것도 먼저여서, 오늘 아침에는 그만 말이 헛 나왔다. 작은딸을 깨우면서 "○○아, 일어나"라고 해야 하는데 그만 "야옹아, 일어나"라고 한 것이다. 야옹이가 가족이 되면서 여러 가지가 헷갈리기 시작했는데 이제는 호칭도 헷갈려서 나온다. 작은딸이 눈을 비비며 밖으로 나오더니, 자기가 아니라 야옹이를 먼저 깨웠다고 "헐~ 어이없어!" 한 마디 날린다. 그래, 아빠도 이럴 줄은 몰랐어.

자기가 우리 가족 서열 파괴의 주범인지 아는지 모르는지, 오늘 아침에도 야옹이는 유유히 거실로 발걸음을 옮긴다.

야옹이 엄마의 귀환

몇 달간 통 모습이 보이지 않던 야옹이 엄마가 다시 나타났다. 아내가 자두를 조금 사 오라고 해서 슈퍼마켓에 가는 길이었다. 1층 공동 출입구를 나서니까 저쪽 벤치에서 익숙한 목소리로 "야옹"하는 소리가 들린다. 혹시 하는 마음으로 얼른 고개를 돌려보니 야옹이 엄마다. 집으로 돌아가 야옹이가 먹는 사료를 그릇에 한가득 담아 주니 맛있게 먹는다. 너무 오래 보이지 않아서 무슨 흉흉한 일이라도 생긴 줄 알았는데 다행히 무사했다.

사료 먹는 모습을 찍어서 큰딸에게 카톡으로 보내주니 곧바로 "오~ 다행이네" 하고 답장이 온다. 큰딸도 소식이 궁금하던 차에 사진을 보고 무척이나 반가웠던 모양이다.

딸인 야옹이에게도 엄마 소식을 전해줬다. "야옹아, 엄마 무사하네!" 야옹이도 내 말을 알아들은 듯이 연신 "야옹 야옹"거린다. 집 나간 아이가 돌아온 것 같은 반가운 하루였다.

야옹이 엄마가 오랜만에 나타나 기쁨을 감추지 못하던 차에, 야옹이가 그만 대형 사고를 쳐서 집안 공기를 싸늘하게 만들었다. 고3인 작은딸은 기말고사 기간이라 평소보다 조금 일찍 귀가한다. 보통 자정이 넘어서 왔는데 컨디션을 조절한다고 요즘은 오후 10시쯤에 온다. 지난 5월 중순경부터 집 근처 독서실로 옮겨 하고 시간에만 데려다주고 귀가할 때는 혼자 걸어서 왔는데, 어제는 가방이 무겁다고 데리러 올 수 있냐는 문자가 왔다. "ㅇㅇ"이라고 답장을 날리고(어느 순간부터 나도 애들한테 전염돼서 그렇게 쓴다) 곧바로 나갈 채비를 했다.

나가기 전에 안방에 이부자리를 펴고 아내에게 먼저 자라고 권했다. 학교 선생님들과 산행을 하고 온 탓에 피곤해하는 아내를 위해 평소보다 조금 일찍 이부자리를 펴 주었다. 아내가 침대를 싫어해서 우리 부부는 전통적인 이부자리를 고수한다. 덕분에 매일 아침저녁 이부자리를 개고 펴는 것도 내 일과 중 하나다.

작은딸이랑 현관문을 열고 들어오니 어째 집안 공기가 싸늘하다. 작은딸 시험 기간이라 어지간해서는 다들 냉기를 발산하지 않는데 시베리아 벌판 같다. 혹시나 했는데 역시나, 야옹이가 안방 이부자리에 쉬를 했다나. 오랜만의 초대형 사고다. 큰딸 방 침대 이불 위에 쉬를 한 적은 더러 있지만 안방 이불 테러는 처음이다.

"솜이불이라 빨 수도 없는데 어떻게 해, 이놈 시키!"

아내는 화가 머리끝까지 나서 분을 삭이지 못하고 있다. 해체해 놓은 이불 호청이랑 솜을 종량제 봉투에 담아 버리고 나니 온몸이 땀에 다 젖었다. 이부자리를 펴고 나서 안방 문을 닫지 않은 건 내 실수였다. 그걸로 야옹이를 탓할 수는 없는 일이다. 사고를 막기 위해서는 야옹이가 사고를 칠 수 있는 환경을 만들지 말아야 한다.

아내에게 한바탕 혼이 난 후 뭔가 심상찮은 일이 벌어진 걸 아는지 야옹이는 소파 위에서 벌 서는 자세를 취하고 있다. 야옹이 엄마의 생존이 확인된 대박사건 다음날 발생한 야옹이의 대형사고-야옹이 모녀의 운명은 이렇게 엇갈렸다.

고양이를 싫어하는 사람도
어딘가에 있다

비가 추적추적 내리는데도 야옹이 엄마가 밥자리에 나타났다. 오랫동안 얼굴을 못 보다가 사흘 연속 만나는 것이어서 반갑기 그지없었다. 그런데 그날 뜻밖의 상황이 생겼다. 큰딸이랑 같이 우산을 받쳐 들고 고양이 밥을 챙겨주는데, 같은 동에 사는 남자분이 멀리서 지켜보더니 우리에게 다가온 것이다.

"우리 애가 고양이 때문에 무서워서 집으로 못 오고 있다고 그래서, 제가 데리러 나왔어요. 저쪽으로 가서 밥을 주면 좋겠습니다."

직접적으로 거친 표현은 안 했지만 목소리 톤으로 보아 '왜 아파트 입구에서 고양이 밥을 챙겨 주어서 이런 일이 생기게 해

요?'라는 항의성 기운이 느껴졌다.

야옹이 엄마 밥을 챙겨주는 곳이 통로와는 최소 5미터 정도 떨어져 있는 데다, 고양이가 혼자 있는 것도 아니고 사람이랑 같이 있는데 그게 무서워 지나가지 못한다니 이해가 안 되었다.

그래도 어린아이가 무서워한다니 내가 양보하는 게 나을 것 같아 밥 놓는 자리를 옮기긴 했지만, 고양이에 대한 호불호가 그 정도로 엇갈리는 현실을 직접 겪고 보니 내심 놀랐다.

집에 와서 아내에게 이야기했더니, 자기가 근무하는 학교 선생님 중에도 무서워서 고양이 눈도 쳐다보지 못하는 분이 있다고 했다. 사람마다 생각이 다르니 특정 동물을 무서워할 수는 있을 것이다. 그래도 배고픈 생명에게 밥 주는 일 정도는 너그러이 눈감아주면 안 될까. 더군다나 이렇게 비까지 오는데 말이다. 날씨만큼 마음도 을씨년스러워지는 날이었다.

두 딸을 고양이에게 빼앗긴
아빠의 상실감

야옹이가 최근 개척한 미지의 세계는 거실 협탁이다. 그동안 아내가 절대 올라가지 못하게 했는데, 가끔 협탁을 식탁으로도 쓴다는 게 이유였다. 접근 금지령이 풀린 것은 최근에 와서다.

"우리는 소파에 기대서 발도 올려놓는데 야옹이더러 올라가지 못하게 하는 건 이율배반적이잖아?"라는 내 말에 아내도 수긍한 것 같다. 짐작이지만 그 이후부터 야옹이가 협탁에 올라가도 달리 제지를 하지 않았기 때문에, 나로서는 그렇게 생각한다. 그런데 오늘 저녁에는 그 때문에 아내와 작은딸이 정면충돌했다.

저녁을 먹는데 야옹이가 협탁 위에 올라가 휴대폰 충전기를 발로 톡톡 건드리기 시작했다. 급기야 입으로 물어뜯자 아내가

발칵 뒤집어졌다. 밥을 먹다 말고 일어서더니 "이놈 시키!" 하고 꾸짖으면서 협탁 위의 야옹이를 발로 밀어내려 했다. 밥 먹던 중이라 손을 쓰기가 부자유스러우니 발로 대신한 것인데, 그걸 보고 작은딸이 발끈했다.

"엄마! 아기가 장난감을 가지고 노는데 누가 발로 차면 기분이 어떻겠어? 어떻게 야옹이를 발로 밀어낼 수가 있어?"

역시 작은딸은 야옹이의 대변인이자, 고양이를 수호하는 정의의 기사다. 하지만 아내도 지지 않았다.

"발로 밀어내는 시늉만 한 거지, 정말로 차지는 않았잖아?"

아내 말마따나 발로 찬 것은 또 아니라서 마냥 작은딸 편을 들 수도 없었다. 한편으로는 제 엄마보다 고양이를 더 애틋하게 생각하고 역성드는 작은딸이 살짝 미워지기도 한다. 그렇다고 아내 편을 들 수도 없다. 아내의 행동이 나도 못마땅했으니까. 우리 집안에서 나는 이렇게 늘 사이에 낀 존재다.

토요일 오후 11시. 전화벨이 울린다. 아내가 깰까 봐 얼른 수화기를 들었다. 큰딸이다. 토요일이면 친구를 만나 놀다가 밤늦게 들어오는 것이 일상이 됐다. 그 와중에 던진 첫마디가 "엄마 아빠 밥 먹었어?"가 아니라 "아빠, 고양이 밥 줬어?"다. 어이가 없지만 그래도 대답은 해야지.

"그래, 참치 캔 하나 따서 줬더니 맛있게 먹더라."

울 수도 없고 웃을 수도 없는 이 상황. 작은딸과 큰딸, 둘의 마음을 모두 고양이에게 빼앗긴 불쌍한 아빠의 상실감은 누가 보상해 주나?

비와 고양이

한가로운 일요일 오후. 원고 수정할 게 있어서 거실에서 작업을 하는데 야옹이가 스마트폰 충전용 잭을 가지고 요리조리 장난을 친다. 아내가 머리를 하러 나가고 없어 모처럼 자유롭게 놀도록 내버려뒀다.

저녁에 천둥 번개가 치면서 폭우가 쏟아졌다. 소파에 앉아 있던 야옹이가 후다닥 큰딸 방으로 들어간다. 콰르릉거리는 천둥소리가 무서웠던 모양이다.

이날은 비가 너무 많이 와서 그런지 야옹이 엄마가 보이지 않는다. 나중에 내려가 보니 큰딸이 오후 8시경 가져다 놓은 사료가 완전히 곤죽이 되어 있다. 오늘은 쫄쫄 굶겠다며 큰딸이

안타까워한다.

작은딸을 독서실에서 데리고 오는 길에 다시 한 번 내다봤는데 야옹이 엄마는 여전히 보이지 않는다. 《개그콘서트》방송이 끝나고 이부자리를 펼 때쯤엔 비가 잠시 그치는가 싶더니 다시 쏟아지기 시작한다. 야옹이 엄마는 이 밤중에 어디서 비를 피하고 있을까?

하늘에 구멍이라도 뚫렸는지 다음날도 비가 줄기차게 내린다. 저녁 무렵부터 그친다고 하더니 역시 일기예보는 믿을 게 못된다. 오늘도 야옹이 엄마는 나타나지 않는다. 혹시 배가 너무 고파 빗길에도 밥 먹으러 올까 해서 참치 캔 하나를 호주머니에 넣고 내려가 봤는데 역시 없다. 이 비를 맞고 올 리 만무한데 괜한 기대를 한 게지.

장난감을 가지고 놀던 야옹이가 거실에 펴놓은 아내의 우산 밑으로 들어간다. 엄마한테 우산이라도 가져다주고 싶은 걸까?

'엄마, 이 우산 쓰고 밥 먹으러 와.'

47

얼굴이라도 보게 해 줄걸

오후 9시 50분. 요란하게 전화벨이 울린다.

"아빠, 신방화역인데 데리러 와 줄 수 있어?"

큰딸이다. 비가 너무 많이 온다고 지하철역까지 차를 몰고 데리러 오란다.

"작은애 10시 10분에 데리러 갈 건데 그때까지 기다릴래?"

"아니야, 그럼 그냥 걸어갈게."

작은딸을 태우고 지하 주차장에 도착해서 주차하고 있는데 저쪽에서 큰딸이 손짓을 한다. 직감적으로 야옹이 엄마랑 같이 있구나 하는 생각이 들었다. 얼른 주차를 끝내고 작은딸이랑 같이 큰딸이 손짓한 곳으로 갔다. 예감이 맞았다. 야옹이 엄마는 비에 흠뻑 젖어 부들부들 떨고 있고, 큰딸은 플라스틱 밥그릇을 한 손에 든 채 야옹이 엄마를 쓰다듬고 있다.

"아까 내다봤을 때는 없던데 언제 왔지?"

"몰라, 비 맞으면서 기다리고 있었어. 너무 불쌍해서 집으로 잠깐 데려갔는데 엄마가 난리쳐서 다시 데리고 나왔어. 일단 비를 피해야 되니까 지하 주차장으로 온 거야."

"거실까지 데리고 갔었니?"

"아니, 현관에만."

"순순히 따라오든? 밥은 먹였고?"

"응, 엘리베이터도 같이 타고 왔어. 캔이랑 사료 둘 다 먹었어."

"밥 먹였으면 됐다. 주차장에 있으면 위험하니까 밖으로 내보내는 게 좋을 것 같다. 비가 조금 잦아들고 있으니까 알아서 잠자리를 찾아 갈 거야."

작은딸을 먼저 올려 보내고 큰딸이랑 야옹이 엄마를 주차장 입구 화단 쪽으로 내보냈다. 야옹이 엄마는 소변이 마려웠던지 화단에 소변부터 보았다. 비가 와도 잊지 않고 고양이의 본능대로 흙을 꼼꼼히 덮었다.

"저 봐, 생존 본능은 살아 있잖아. 밥만 잘 챙겨주고 밖에서 살도록 해야 돼. 야옹이 하나 키우는 것도 힘든데 야옹이 엄마까지 데려올 수는 없어. 그동안 네 엄마 마음이 겨우 풀어졌는데 더 이상 갈등을 키우지 않는 게 좋을 것 같다."

큰딸을 달래느라 말은 그렇게 했지만 내 마음도 편치 않았다. 야옹이 엄마가 단지 쪽으로 걸어가는 걸 보고 그제야 마음이 놓이는지 큰딸이 발걸음을 돌린다. 현관문을 열면서 무심코 내뱉는 큰딸의 혼잣말이 슬픈 납덩이가 되어 내 마음을 누른다.

"그래도 야옹이 얼굴이라도 한번 보게 해 줄걸 그랬어."

48

박경리 선생과 고양이

박경리 선생의 《토지》를 손에 잡았다. 읽어야지, 읽어야지 하고 마음먹은 게 벌써 1년이 다 돼 간다. 출판사에 넘긴 원고 교정도 어제로 끝났고, 다음 책 원고 골격도 어느 정도 잡혀서 지금이 적기라고 생각되어 큰맘 먹고 읽기 시작했다.

"서문 쓰는 것이 두렵다."

첫 문장이 눈에 와서 꽂힌다. 나도 늘 경험하는 일이다. 본문 쓰는 것보다 서문 쓰는 게 더 힘들다. 서문을 지나서는 한 장도 채 읽지 못하고 안경을 벗었다. 고양이 생각 때문이다.

"추석은 마을의 남녀노유, 사람들에게뿐만 아니라 강아지나 돼지나 소나 말이나 새들에게, 시궁창을 드나드는 쥐새끼까지

포식의 날인가 보다."

예전 같으면 그냥 지나쳤을 대목인데 이 부분이 딱 눈에 걸린다.

"어, 박경리 선생이 고양이를 싫어했나? 시궁창의 쥐까지 언급했는데 왜 고양이는 없을까?"

궁금증을 참지 못해 책을 덮고 폭풍 검색을 했다. 결과를 보니 마음이 놓인다. 박경리 선생도 애묘인이었다. 글을 쓰던 강원도 원주 자택에서 유일한 반려가 고양이였다고 한다. 《돌아온 고양이》라는 동화도 썼고, 원주 박경리문학공원에는 고양이 동상도 있었다. 박경리문학공원 정혜원 소장이 어느 잡지사와 했던 인터뷰에 따르면, 선생은 생전에 버려진 고양이와 강아지들을 정성껏 돌보았다고 한다. 그 수가 수십 마리에 달했다니 고양이를 사랑하는 마음은 평범한 애묘인 이상이었던 모양이다. 언젠가는 꼭 한 번 그곳을 찾아가서, 선생의 고양이 사랑이 깃든 동상 앞에서 사진 한 장 찍어야겠다.

따뜻한 이웃

큰딸이 오늘도 늦나 보다. 야옹이 엄마를 챙겨주어야겠다는 생각이 들어 사료를 들고 잠시 나가보기로 했다.

"야옹아, 너희 엄마 밥 주고 올게."

공동 출입구를 나서서 벤치 쪽으로 가니 야옹이 엄마가 뭔가 먹고 있다. 분명 오늘은 밥을 준 적이 없는데 웬일인가 해서 유심히 보는데, 놀이터 쪽에서 운동하던 젊은 남자가 다가오더니 "제가 참치 좀 줬어요" 한다. 최근에 이사 왔는지 처음 보는 얼굴이었다.

어찌나 반가운지 "그래요? 감사합니다"라는 말이 절로 튀어나왔다. 지난번에 고양이에 적대적인 남자를 만나 서운함을 느꼈던 터라, 이렇게 우호적인 청년을 보니 더욱 반가웠다.

준비해 간 전단지를 깔아놓고 그 위에 사료를 부어 주는데, 아까 그 청년이 종이컵에 물까지 떠 와서 "자, 물도 좀 먹어라" 하면서 컵을 내민다. 이웃에 새로운 캣대디가 나타났다는 사실을 알면 큰딸이 얼마나 좋아할까? 얼른 이 반가운 소식을 전해 주어야지 다짐했다.

하루는 야옹이 엄마 밥을 주다가 앞집 아줌마를 만나 내가 모르는 야옹이의 어린 시절에 관해 이런저런 이야기를 듣기도 했다. 우리 단지에서 길고양이를 챙겨주는 사람이 나 혼자만이 아니라고 생각하니 왠지 든든해지는 기분이었다. 가끔 들려오는 고양이 학대 뉴스에 심란해지고, 고양이를 노골적으로 싫어하는 이웃을 만나면 마음이 무거워지지만 그래도 아직 세상은 살 만하다. 이렇게 따뜻한 마음씨를 가진 이웃들이 가까이 있으니까.

50

행복했던 야옹이
모녀의 과거

아내가 전에 근무했던 학교 선생님의 남편분이 돌아가셨다며 문상을 간 덕분에 딸아이들과 밖에서 저녁을 먹었다. 작은아이의 학교생활에 대해서 잠깐 이야기하다 대화 주제가 야옹이로 넘어갔다.

큰딸이 스마트폰에 저장해뒀던 사진을 보여준다. 야옹이가 엄마랑 다정하게 서 있는 사진이다. 세상 어느 모녀지간보다 행복한 모습이다.

"왜 이 사진을 아빠한테는 안 보내줬어?" 했더니 벌써 보내준 줄 알았단다. 형제들끼리 젖을 서로 먹겠다고 엄마 품을 파고드는 사진도 있다. 고양이들도 사람과 다를 바 없이 가족을 이루고 행복하게 산다는 사실을 확인하니 자연의 이치가 새삼스러웠다. 저녁을 같이 먹으면서 큰딸에게서 야옹이를 처음 만난 날의 이야기를 들었다.

"야옹이 엄마에게 밥을 챙겨주기 시작한지 꽤 오랜 시간이 지난 어느 날이었어. 야옹이 엄마가 밥을 다 먹고 연못 쪽으로 가면서 날 자꾸만 돌아보는 거야. 마치 자기를 따라오라는 것 같았어. 그렇게 한 100미터쯤 따라갔는데 야옹이 엄마가 6단지 주출입구 옆 화단 숲속으로 쏙 들어가는 거야. 그래서 나도 따라 들어갔지."

"그랬더니?"

"거기 새끼들이 네 마리나 꼬물거리고 있는 거야. 새끼들을 보여주려고 따라오라 한 거였어. 다음날부터 한동안 그곳에 가서 새끼들 밥을 챙겨주고 같이 놀아주기도 했어. 그런데 어느 날 새끼들이 사라졌어. 보금자리가 노출돼서 다른 곳으로 옮긴 모양이야. 그 뒤에도 야옹이 엄마는 새끼들이랑 같이 우리 동 벤치 쪽으로 와서 밥을 먹고 갔어. 그러다 앞집 아줌마 도움으로 야옹이를 우리 집에 데려온 거지. 새끼들 중에 야옹이 엄마를 쏙 빼닮은 애가 지금의 야옹이야."

큰딸은 그때 찍은 동영상도 보내줬다. 바로 캡처해서 사진첩에 저장했다. 형제들과 어울려 노는 어린 야옹이는 그렇게 귀여

울 수 없었다.

다른 형제들은 지금 어디서 어떻게 지내고 있을까. 큰딸 말로는 야옹이 엄마가 싹싹하고 붙임성이 좋아 새끼들도 잘 건사했을 거라는데 우리처럼 누가 데려가서 잘 키우고 있었으면.

야옹이 아빠는 검은 고양이였던 것 같다. 야옹이와 함께 태어난 형제 가운데 둘은 엄마를 닮았고, 둘은 아빠를 닮았다. 사진 속 엄마를 닮은 형제 둘은 젖을 서로 먹겠다고 엄마 품을 파고들고 있었다. 큰딸 말로는 물끄러미 쳐다보다 뒤늦게 달려드는 아이가 야옹이라고 한다.

야옹이 엄마는 지금도 새끼들을 보금자리에 숨겨놓고 기르고 있는지 모른다. 사료랑 참치 캔을 주면 눈 깜짝 할 사이에 먹어치우는 걸 보면. 한꺼번에 너무 많이 먹는 게 아닌가 걱정도 들었는데 아이들에게 젖을 물리는 사진을 보면서 걱정은 내려놓기로 했다. 많이 먹어야 젖이 잘 나오니까. 사람이나 고양이나 똑같다.

오후 늦게부터 비가 그쳤다. 다행이다. 오늘도 야옹이 엄마를 볼 수 있을 테니. 저녁을 먹고 와서 야옹이 엄마 밥을 챙겨주는데 아까 본 사진이 자꾸 생각나 마음이 짠해진다. 야옹이 엄마의 등을 평소보다 오래 쓰다듬어 주었다.

51

쓸쓸히 돌아서는
야옹이의 뒷모습

요 며칠 큰딸이 일찍 퇴근하는 통에 야옹이 엄마를 보지 못
했다. 현관에 들어서면서 "나 왔어" 한마디만 남기고 곧바로 야
옹이 엄마 밥을 챙겨 1층으로 내려가기 때문에, 내가 밥 당번을
할 필요가 없어졌다. 야옹이 엄마를 못 봐서 서운한 점도 있지
만, 즐겨 보던 드라마를 쭉 볼 수 있어 내심 편했다.《혼술남녀》
라는 드라마를 몰아서 보는 아내가 채널을 독점하는 바람에 어
쩔 수 없이 같이 보기 시작했는데《미생》과 콘셉트가 비슷해서
인지 나름 재밌다.

야옹이에게는 눈에 띄는 변화가 하나 생겼다. 아침에 집을
나서면서 "잘 놀고 있어, 있다가 보자" 하고 손을 흔들면 자연

스럽게 뒤돌아서서 큰딸 방 베란다로 걸음을 옮긴다.

일어나는 시간과 저녁 시간 집에 돌아와 "야옹아" 하고 부르면서 문을 열면 얼른 밖으로 뛰쳐나오는데, 집을 나서기 전에 잠시 문을 열면 뛰어나오지 않고 가만히 서 있다. 물끄러미 나를 쳐다보다가도 "바이바이" 하면서 손을 흔들면 두말없이 돌아선다. 아무도 없는 집에서 혼자 큰딸 방을 지켜야 하는 고독한 시간이 왔음을 깨달은 것이다. 돌아서서 가는 모습이 쓸쓸해 보여 안쓰럽다. 그래도 칭얼거리지 않고 나날이 지각 능력이 커져가는 게 여간 기특하지 않다.

52

테러리스트 야옹이와
관대해진 아내

야옹이는 우리 집에 온 후 꽤 오랫동안 큰딸 방의 베란다에서 유폐 아닌 유폐 생활을 했다. 아내가 그런 조건을 붙여서만 야옹이를 데려오는 일을 허락했기 때문이다. 그러다 한파가 몰려오자 큰딸은 아내 몰래 야옹이를 제 방으로 들였다. 아내도 눈치를 챘지만 더는 야박하게 굴지 않고 적당히 눈감아 주었다.

큰딸 방으로 슬그머니 거처를 옮긴 후에도 야옹이는 한동안 아내와 나를 경계했다. 큰딸을 대신해서 내가 밥을 챙겨주고 똥오줌을 치워주기 전까지 꽤 오랜 시간 우리를 피했다. 어쩌다가 큰딸 방문을 열고 얼굴을 쳐다보면 겁에 질린 표정을 지었다. 큰딸이 지난 주말 보내준 당시 사진을 보니 미안한 마음을 감출 수 없다. 귀를 수평으로 한 특이한 자세가 있어 큰딸에게 왜 그런지 물어보니, 크게 놀라면 그렇게 된다며 그런 귀를 '마징가 귀'라 한다고 했다.

한동안 잠잠하더니 또 다시 야옹이의 화분 테러에 발동이 걸렸다. 오늘 아침 벤저민 화분에 올라가 흙을 한 바가지 퍼내서 거실을 온통 어질러놓았다. 언제 그랬는지 감쪽같이 사고를 쳤다. 그것도 두 번씩이나. 아내가 야옹이에게 화를 낼까 걱정하며 쏟아진 흙을 일일이 빗자루로 쓸어 화분에 다시 담았다. 거실 바닥까지 걸레로 말끔히 닦고 나니 아침부터 땀이 다 난다. 지능이 성장해도 본성까지 바뀌지는 않는 모양이다.

그래도 요즘은 아내가 예전보다 화를 덜 내니 그나마 다행이다. 사고를 쳐도 "이놈 시키"가 아니라 "아휴, 이 말썽꾸러기"로 언사도 바뀌고, 톤도 많이 부드러워졌다. 야옹이는 혼이 나면 아내의 가방 사이에 쭈그리고 앉아서 슬슬 눈치를 살핀다. 감시가 소홀하면 언제든지 3차 테러를 감행할 태세다. 그래도 아내는 큰딸 방으로 야옹이를 돌려보내진 않는다. 예전 같으면 당장 거실에서 쫓아버렸을 텐데 말이다.

53

치매 어머니의 빈자리

아내와 함께 왜관 요양원에 계시는 어머니를 찾아뵙고 왔다. 모든 기억이 요양원 들어가시던 날에 머물러 있는 걸 제외하면 특별히 더 나빠지신 것 같지는 않다. 1년이 넘게 지났는데도 어머니가 기억하는 연세는 아직 여든넷이고, 살던 아파트를 팔았는데도 여전히 그곳이 당신 집인 줄 알고 계신다. 아파트 이름과 동 호수까지 또렷하게 기억하시는 걸 보면서, 어쩌면 어머니가 치매 환자가 아닐 수도 있다는 엉뚱한 희망도 품어 본다.

누나들이랑 가까운 계곡 숲에 어머니를 모시고 가서 돗자리를 펴놓고 모처럼 소풍 기분을 냈다. 아내는 누나들이랑 냇물에 들어가서 다슬기를 잡고, 나는 돗자리에 누워서 뒹굴거렸다. 어머니는 돗자리에 올라오는 개미가 성가신지 손바닥으로 싹싹 눌러서 잡는다. 한참을 그렇게 하신다. 그러다가 돗자리 주변 흙에 기어 다니는 개미까지 잡으려 손을 뻗치신다.

문득 야옹이 생각이 난다. 야옹이도 벌레를 보면 그놈을 잡느라고 온통 신경을 집중했다. 치매로 모든 기억을 반납하면 결국 인간도 고양이와 비슷한 존재가 되고 마는 게 아닐까? 기차를 타고 서울로 올라오는 내내 개미를 잡으시던 어머니의 손동작이 눈앞에 아른거렸다. 야옹이를 보면 한동안 어머니의 손이 떠오를 것 같다.

요양원에 계시던 어머니를 추석 전날 잠시 집으로 모셔온 적이 있었다. 야옹이와 처음 대면하는 거라 걱정했지만 다행히 고양이에게 친화적이셨다. 반면 야옹이는 어머니가 낯선지 사흘이 지났는데도 곁에 가지 않으려 했다. 거실에서 큰딸이랑 그림 그리기를 하던 어머니가 야옹이를 발견하고 오라며 손짓해도, 안방 문 앞에 엎드린 채 다가가지 않았다.

그래도 경계심은 많이 누그러졌다. 첫날에는 어머니가 다가가면 하악거리다가 큰딸 방으로 도망갔는데, 이제는 거리를 둔 채 쳐다본다. 조금 더 지나면 자상한 할머니 품에 안기는 손주처럼 편안한 사이가 될 것 같은데, 왜관으로 돌아가실 시간

은 너무나 빨리 다가왔다.

거창한 인테리어를 선호하지 않는 내게 집 안의 유일한 장식은 어머니가 건강하시던 시절 함께 찍은 가족사진뿐이다. 하지만 든 자리는 몰라도 난 자리는 안다고, 어머니가 멀리 계신 지금은 가족사진으로도 헛헛한 마음이 채워지지 않았다. 어머니의 커다란 빈자리는 야옹이가 조금이나마 채워주고 있다. 그러고 보면 야옹이는 치매로 세상과 이별할 준비 중이신 어머니가 내게 선물한 또 다른 형제인지도 모르겠다.

$$54$$

집사의 노련함은
경험에서 나온다

그동안 야옹이 엄마 밥그릇을 현관 화단 앞에 있는 벤치 쪽에다 뒀는데 어제부터 연못가 벤치 쪽으로 자리를 옮겼다. 개미 때문이다. 연못가 벤치 쪽에는 상대적으로 개미들이 덜 달려든다. 연못에 접해있는 수초 군락이 개미의 접근을 차단하기 때문이다.

식성이 좋은 야옹이 엄마가 참치 캔이랑 사료를 남기는 경우가 거의 없었는데 요즘은 조금씩 남긴다. 더위를 타는지 먹는양이 줄었다. 그러다 보니 남은 밥은 늘 개미의 표적이 된다. 밥그릇 주변에 수백 마리의 개미들이 우글거린다. 베르나르 베르베르의《개미》에 나오는 것처럼 개미는 가장 오래된 우주의 주인이며 생존경쟁의 끝판왕임이 분명하다.

길고양이 밥그릇 놓는 자리를 선택하는데도 요령이 필요하다는 걸, 고양이 집사가 되기 전에는 미처 몰랐다. 집사 경력이 쌓이니 그런 노련함도 자연히 생기는 모양이다.

55

뜻밖의 날벼락

큰딸과 함께 야옹이 화장실 모래를 전체갈이해 주었다. 꽤 오래 썼는데도 지린내가 나거나 성분에 변화가 생긴 것 같지는 않았다. 하루 두 번 매일 깨끗하게 청소해 준 덕도 있겠지만 그보다는 야옹이가 뒤처리를 워낙 깔끔하게 살했기 때문인 듯하다.

종량제 쓰레기봉투에 사용한 모래를 쏟아 붓고 집 안 이곳저곳에 있던 자잘한 쓰레기를 채워도 공간이 남았다. 20리터짜리라 제법 많이 들어간다. 공간을 남겨둔 채 봉투를 묶어 버리려니 아까운 생각이 들었다.

문득 안방 베란다에 시든 채로 방치되어 있던 제라늄 화분이 생각났다. 그것까지 담아 버리면 쓰레기봉투를 알뜰하게 채워

버릴 수 있을 것 같아 뿌듯한 마음으로 손을 뻗는데, 아내가 보더니 "내년 봄이면 다시 꽃이 피니까 그냥 둬" 한다. 그러면서 덧붙이는 말.

"사시사철 시들어 있는 당신이나 종량제 봉투에 채워서 버리고 싶네."

헐, 이 무슨 날벼락이냐. 야옹이 모래 치우다가 나도 같이 치워질 뻔했네.

56

다시는 생명을 받지 말거라

"다시는 생명을 받지 말거라."

대하소설 《토지》의 주인공 길상은 자신이 보살펴 주던 새끼 까치가 죽자 이렇게 축원한다. "평안히 잠들거라"도 아니고 "다음 생에는 더 좋은 모습으로 태어나거라"도 아니라, 다시는 생명을 받지 말라고 하다니. 언뜻 읽기엔 매정해 보이는 저 말도, 짧지 않은 세월을 살아 보니 나름의 배려임을 알겠다. 목숨 있는 모든 것은 생로병사의 고통을 겪다 세상을 떠나기 마련이니, 가여운 새끼 까치가 배고픔도 슬픔도 없는 피안에서 영원히 안식하기를 바라는 진심에서 우러난 말이 아니었을까.

나도 오늘 이름 모를 어린 고양이를 위해 같은 축원을 해주

었다. 일요일이지만 일이 있어 출근해야 한다는 큰딸을 전철역까지 태워다주고 돌아오는 길이었다. 아파트 지하 주차장으로 내려가는데 고양이 한 마리가 쓰러져 있었다.

조심스럽게 지나쳐서 차를 주차시킨 후 얼른 돌아와 보니 이미 죽어 있었다. 갓 태어난 새끼 고양이인데 머리를 차에 부딪친 것 같다. 그 참혹한 모습은 차마 글로 표현할 수가 없다. 조심성 없게 차를 몬 사람이 너무도 야속했다.

관리사무소에 연락한 후 진입하는 차들에 수신호를 해서 비켜가게 했다. 경비 아저씨 세 분이 와서 사체를 수습하는 걸 보고 집으로 왔는데, 야옹이가 유난히 애처롭게 운다. 내 몸에서 형제 고양이의 죽음이 느껴지는 걸까?

"불쌍한 어린 고양이야, 안전한 하늘나라에서 마음껏 뛰어놀아라. 그리고 다시는 생명을 받지 말거라."

57

내 삶의 악력기

협탁에 둔 스카치테이프와 빨간 색연필을 야옹이가 자꾸 물
어뜯는다. 이어폰에도 입을 댄다. 아내가 수업 준비를 하면서 자
주 쓰는 물건이라 그냥 협탁에 놓아뒀더니 그만 야옹이의 집중
표적이 되고 말았다. 아내가 알면 질색할 일인 데다 자칫하다 삼
키면 위험할 듯해서, 내가 쓰는 악력기만 놔두고 몽땅 거실 장식
장으로 치웠다. 야옹이 덕분에 미뤄둔 집안 정리가 되니 협탁 위
가 훤하다.

말끔해진 협탁으로 폴짝 올라간 야옹이가 꼬리를 악력기에
걸치고 포즈를 취한다. 자주 운동을 시켜 그런지 몸매가 꽤 날씬
해졌다. 야옹이를 집 안에서 이리저리 몰고 다니면서 함께 구르

고 뛰다 보면 나도 절로 운동이 되었다. 그전에는 건강을 지키기 위해 일부러 운동을 해야 했지만, 함께 놀아주는 것만으로도 서로 몸과 마음이 건강해지는 걸 생각하면, 역시 야옹이는 내 삶의 악력기 같은 존재다.

58

새로 태어난
야옹이의 동생들

저녁 먹은 후 작은딸을 독서실까지 태워다 주고 오다가 야옹이 엄마를 만났다. 지하 주차장으로 들어가는데 조금 앞에서 종종걸음으로 내려가고 있다.

조심조심 따라가 보니 618동 입구 쪽에서 멈추어 선다. 한동안 배가 불룩하더니 출산을 한 후 배수구 쪽에 새로운 보금자리를 마련한 모양이다. 운전석 창문을 내리고 알은체하니 야옹이 엄마도 나를 알아본다. 얼른 주차를 한 후 다시 가 보니 새끼들이랑 입구 쪽에서 놀고 있다. 새끼가 무려 세 마리다. 며칠 전에 사고를 당한 새끼 고양이도 야옹이 엄마가 낳은 것이 아닐까 생각하니 새삼 마음이 아파온다.

다가가니 새끼들은 모두 배수구 안으로 후다닥 도망쳤다. 저 좁은 공간에 숨을 만한 곳이 있을까 싶은데, 신기하게도 그 많던 녀석들이 순식간에 사라졌다. 집으로 올라가 대용량 참치 캔을 가져와서 종이 접시에 담아 배수구 안쪽으로 밀어 주니 새끼들이 꼬물꼬물 머리를 내밀고 먹는다. 야옹이 엄마는 새끼들이 안전하게 먹을 수 있도록 몸으로 입구를 막아섰다.

다음날 작은딸을 태워다 준 후 '오늘도 야옹이 엄마가 그 자리에 있을까?' 생각하며 들러 보았다. 역시 있다. 새끼들이랑 함께였다. 다가가니 새끼들은 어제처럼 후다닥 배수구 안으로 도망간다.

미리 챙겨간 참치 캔을 따서 놔준 후 조금 뒤로 물러나 있으니 배수구 안에서 빼꼼 내다보던 새끼들이 살금살금 다가와 엄마랑 함께 먹는다. 주먹만 한 크기의 어린 새끼들이다. 아가들아, 맛나게 먹고 무럭무럭 자라거라.

앞으로 자주 찾아와서 야옹이의 동생들을 보살펴줘야겠다. 비좁은 공간이지만 세상에 적응할 때까지 부디 안전하게 살아줬으면 좋겠다.

59

모성애는 똑같다

극장에서 영화《장산범》을 보고 왔다. 영화사에서 일하는 큰딸 친구 덕분에 그 회사에서 배급한 영화는 대부분 공짜로 볼 수 있지만, 아내가 공포영화는 딱 질색이라 해서 어쩔 수 없이 혼자 봤다. 소름끼치는 무서운 장면들이 많이 나오긴 하지만, 궁극적으로 감독이 전하고자 하는 메시지는 공포가 아닌 모성애다.

염정아가 연기한 주인공 희연은 잃어버린 아들에 대한 죄책감과 그리움에 시달리다 장산이라는 시골 마을로 이사한다. 그곳에는 호랑이를 영신으로 섬기던 무당이 흉악한 괴물이 되어 숨어 사는 동굴이 있다. 무당은 가족의 목소리를 흉내 내어 사람들을 동굴로 유인한 후 잡아먹는다.

어느 날 치매에 걸린 어머니가 실종되자 남편이 찾아 나서고, 그마저 실종되는 일이 벌어진다. 희연은 자신이 데리고 있던 무당의 딸을 앞세워 시어머니와 남편을 찾아 나선다. 괴물과 사투를 벌이던 희연은 천신만고 끝에 남편과 함께 죽음의 동굴을 탈출한다.

하지만 막 동굴을 벗어나려던 순간 그녀는 아들의 환청을 듣고 다시 동굴로 들어간다. 그리고 뒤에 남아 두려움에 떠는 무당의 딸을 꼭 껴안는다. 무당의 딸은 아버지에게 학대당하고 엄마에게 버림받은 상처가 있다. 희연은 동굴 길 안내를 해주면 무슨 일이 있어도 소녀를 버리지 않겠다고 약속했다. 그건 과거 자신의 아들 준서에게 한 약속이기도 했다.

"준서야, 할머니 손 꼭 잡고 있어. 엄마 금방 돌아올게."

그러나 치매에 걸린 시어머니는 손자가 누군가에게 납치되어 가는 것도 몰랐다. 그렇게 준서는 엄마 곁을 떠났다. 엔딩 신에서 희연은 소녀의 손을 꼭 잡고 깊은 어둠 속으로 사라진다. 죽음을 무릅쓰고 아이를 지키려는 모성애,

이것이 영화의 궁극적인 메시지다.

영화를 보고 돌아오는 길에 야옹이 엄마에게 들렀다. 미리 준비해간 닭가슴살을 뜯어 주니 덩어리째 물고 배수구로 들어간다. 그리고 걸걸한 목소리로 야옹거린다. 새끼들더러 밥 먹으러 오라는 신호다.

차량 밑에 쭈그리고 있던 새끼 한 마리가 그 소리에 후다닥 배수구로 뛰어간다. 잠시 후 옆쪽 배수구에서 다른 새끼가 나오더니 엄마가 부르는 곳으로 뛰어 들어간다. 배수구에 숨은 새끼들을 보며, 동굴 속 소녀가 겹쳐 떠오른다. 어둠 속 두려움에 떨던 소녀가 간절히 기다린 것도 자기를 부르는 엄마 목소리였을 것이다.

야옹이 엄마의 울음소리는 걸걸하지만, 새끼들에게는 무엇보다 달콤한 소리다. 고양이에게도 모성애가 있다. 비록 언어와 표현이 달라도, 사람이나 동물이나 자식을 향한 마음의 결은 다르지 않다.

이사 온
야옹이 엄마와 동생들

　한동안 야옹이 엄마는 지하 주차장에서 잘 지냈다. 오후 11시쯤 가면 어김없이 새끼들이랑 놀고 있다. 대용량 참치 캔 하나를 놔주면 깨끗이 비운다. 그런데 어제는 모습이 보이지 않았다. 자세히 보니 배수구가 막혀 있다. 고양이를 싫어하는 누군가가 막아버린 모양이다.

　보금자리를 빼앗기고 어디로 갔을까 신경이 쓰였는데 오늘 아침 우리 동 현관 앞에 나타났다. 가방을 메고 나가는데 화단 옆 벤치에 엎드려서 앞집 아줌마랑 같이 있다. 새끼들은 숲속에 숨겨뒀다 해서 들여다보니 보일락 말락 하게 엎드려 있다. 늘 와서 밥을 먹고 가던 곳이 새끼들을 건사하는데 최적의 장소라 판

단하고 새로운 보금자리로 정한 모양이다. 현명한 야옹이 엄마!

저녁에 마트에 갔다 오다 보니 앞집 아줌마랑 아저씨가 밥을 챙겨주고 계신다. 비올 때를 대비해서 스티로폼 박스도 하나 포장해서 숲속에 두셨단다. 정말 고마운 집사님들이다.

야옹이 엄마와 동생들이 가까운 곳으로 와 줘서 너무 반갑다. 얼굴도 더 자주 볼 수 있게 됐고 주차장 출입 차량에 사고를 당하지나 않을까 늘 마음이 쓰였는데 그런 근심도 덜게 됐다.

밥을 챙겨준 후 벤치에 앉아서 야옹이 엄마의 등을 쓰다듬어 주는데 야옹이 동생이 곁으로 다가온다. 엄마가 없을 때는 눈만 마주쳐도 후다닥 도망을 가는데 엄마가 있을 때는 다르다. 믿는 구석이 있으니까. 아직 어린 새끼에게는 엄마의 그늘이 가장 든든한 울타리다.

야옹이 엄마에게 밥을 챙겨주고 집에 들어오니 야옹이가 캣타워에 엎드려 축 늘어져 있다.

"야옹아."

"야~옹."

"야옹이 맘마 좀 먹었니?"

"야~~옹."

"야옹이 운동 좀 할까?"

"야~~~옹."

일일이 대답하던 야옹이가 캣타워에서 쪼르르 내려오니 소파에 누워있던 아내가 신기하다며 웃는다. 하긴 내가 생각해도 신기하다. 언제부터 야옹이랑 이런 대화가 가능해졌는지 모르겠다.

풀 먹는 야옹이

캣그라스는 키우기가 힘들다. 근처 생활용품점에서 귀리나 캣닢 씨앗을 사 와서 키워 보지만 싹이 제대로 나는 경우가 드물다. 세 번에 한 번 정도나 겨우 싹을 틔운다. 설명서에 적힌 대로 하얀 플라스틱 통에 흙을 4분의 5 정도 채운 후 씨앗을 골고루 뿌리고 나머지 흙으로 덮어서 곱게 다진 다음 물을 충분히 줬는데도 그렇다. 싹이 안 튼다고 해서 반품을 해 주는 것도 아니니 헛돈이 꽤 들어간다. 야옹이가 워낙 좋아해서 자주 사 오지만, 며칠이 지나도 싹이 틀 기미가 보이지 않는 플라스틱 통을 지켜보면 그렇게 야속할 수가 없다. 나는 겸연쩍은 얼굴로 야옹이에게 쓰린 속을 털어놓았다.

"야옹아, 이번에도 실패했나 보다."

그런데 지난 주에 사온 캣그라스는 성공했다. 사나흘 지나니 파릇파릇한 귀리 싹이 쑥쑥 올라온 것이다. 혹시나 잘못 될까 조마조마한 마음으로 풀이 자라길 기다리다가, 제법 길쭉하니 먹음직스럽게 올라왔기에 오늘 아침 적당한 크기로 끊어서 접시에 담아주었다.

역시 야옹이는 무척 기다렸다는 듯 허겁지겁 먹어치운다. 풀을 먹인 후 늘 지켜보지만 구토를 하지도 않는다. 야옹이에게 캣그라스는 이미 헤어볼 구토를 도와주는 먹이가 아니라, 사료나 참치 캔과 같은 일상적인 식사 메뉴 중 하나가 된 것이다.

반가운 소식

　야옹이 엄마랑 동생들이 통 안 보인지 벌써 일주일째다. 야옹이도 덩달아 힘이 없는지 소파에 축 늘어져 있다. 우울한 기분으로 운동을 갔다 오는데 앞집 캣맘 아주머니를 만났다.

　"요즘 큰 고양이가 통 안 보이네요."

　"애들이 늦게까지 떠들고 놀아서 그런지 요즘에는 이쪽으로 안 오고 지하 주차장 출입구 옆으로 와요."

　장난꾸러기들을 피해 안전한 곳으로 이사를 한 모양이었다. 역시 마곡묘원 고양이 근황이라면 앞집 아주머니가 모를 리 없다. 무엇보다 야옹이 엄마 가족이 나쁜 일을 당한 게 아니어서 안도했다.

"그래요? 예전에 살던 곳으로 갔나 보군요. 새끼들도 같이 있나요?"

"네, 같이 있어요. 추석인데 고향에는 안 내려가시나 봐요?"

야옹이 엄마의 안부를 확인하고서야 안심이 되어, 앞집 아주머니와 함께 홀가분하게 명절 인사를 나눌 수 있었다.

"내일 어머니 모시고 올라와서 서울에서 명절 쉽니다. 아주머니는 시골 안 가세요?"

"저희는 내일 내려가요. 마침 잘 됐네요. 내일 저녁에 큰 고양이 밥 좀 챙겨주세요."

"예, 알겠습니다. 잘 다녀오십시오."

캣맘 이웃이 가까이 있으니 명절에는 이렇게 서로 밥 주기 품앗이도 하곤 한다. 집으로 오자마자 야옹이에게도 기쁜 소식을 전했다.

"야옹아!"

"응."

"응이 뭐냐? 너는 고양이니까 야옹이라고 해야지."

"이에응."

"그래 야옹이면 어떻고 응이면 어떠냐, 대화만 되면 되지. 어쨌든 네 엄마랑 동생들 잘 지내고 있단다."

"야옹."

고양이들에게도 풍성한 한가위가 되면 좋겠다.

야옹이의 식탁 점령

집에 온 지 1년이 다 되어가도록 야옹이가 식탁에 올라간 일은 없었다. 집 안 구석구석 안 가는 데가 없지만 유일하게 식탁만은 예외였다. 아내가 정한 나름의 금기를 스스로 지키는 게 대견스러웠는데 드디어 그 금기가 무너졌다. 야옹이가 어제부터 무시로 식탁에 올라가기 시작한 것이다.

문제는 그 후로 식탁뿐만 아니라 아일랜드 식탁, 밥솥 거치대, 싱크대 등 식생활과 관련된 모든 곳들을 종횡무진 오르내리게 되었다는 사실이다. 덕분에 한동안 잠잠하던 아내의 호통소리도 다시 집 안에 울려퍼지기 시작했다. 부엌살림을 주관하는 아내 입장에서는 야옹이의 식탁 점령이 못마땅할 만도 하다.

오늘 저녁에는 식탁에 밥을 차려놓고 잠시 한눈을 파는 사이, 언제 올라왔는지 내 밥그릇에 코를 대고 킁킁거리기까지 했다. 이쯤 되면 나도 마냥 야옹이를 변호해줄 수 없는 상황이 되어 난감해진다.

하지만 이번에도 우리 집의 숨은 실세인 수험생 작은딸이 야옹이를 강력하게 변호하는 통에 유야무야 넘어갈 수 있었다.

"엄마, 고양이 키우는 집은 다 그래. 내 친구네 고양이는 냉장고 위에도 올라간대. 그동안 야옹이가 너무 얌전했던 거야."

아내는 여전히 찜찜한 기분을 풀지 못하는 표정이지만, 나는 작은딸의 명쾌한 상황 정리에 고개를 주억거렸다. 야옹이의 식탁 점령은 마지막으로 남겨둔 공존의 대가려니 해야 할 것 같다.

야옹이 엄마의 겨울나기

가을이 깊어간다. 아파트 여기저기에 낙엽이 흩날리자, 야옹이 엄마도 낙엽에 파묻혀 뒹굴거리며 놀고 있었다. 출입구 근처에서 만난 야옹이 엄마는 자기를 따라 오라는 듯 뒤를 힐끔힐끔 돌아보면서 지하 주차장으로 내려간다. 차가 올라오니 옆으로 피할 줄도 안다.

따라갔더니 야옹이를 우리 집으로 데려오기 전에 한동안 거주했던 615동 입구 쪽 주차 구역에 가서 멈춘다. 그곳에 밥그릇을 가져다 달라는 의사 표시다. 날씨가 추워지면서 야옹이 엄마가 새끼들을 어디서 키울까 걱정했는데 역시 지혜롭다. 한겨울엔 야옹이 엄마랑 동생들 밥그릇은 여기다 둬야겠다.

어제 저녁엔 쓰레기를 버리려고 내려갔더니 야옹이 엄마가 쫓아온다.

"아직 밥을 못 먹었니? 추운데."

밥을 챙겨서 내려오려고 1층 공동 출입구로 들어가니 졸졸 따라온다. 그래도 안으로 따라 들어오지는 않는다. 출입구 앞에 곧추선 자세로 빤히 쳐다본다.

"잠시만 기다려."

얼른 올라가서 캔이랑 사료, 물을 챙겨서 내려오니 그때까지 그 자세 그대로 있다.

"추우니까 지하에 내려가서 먹자."

문을 열고 손짓을 하니 바로 들어온다. 마침 엘리베이터가 1층에 서 있다. 안으로 먼저 들어가서 따라오라고 손짓을 해도 멈칫거린다. 종이접시에 사료를 조금 담아서 엘리베이터 바닥에 놓고서 "이리 와서 먹어"라고 하니 들어온다. 그러다가 문이 닫히려 하니까 잽싸게 돌아서 나간다.

그러기를 두세 번, 마침내 엘리베이터 문을 닫았다. 지하 1층에 내려서 주차장으로 나가니 제가 먼저 알고 밥 먹는 자리로 쫓아간다. 엘리베이터를 타고 내려온 건 처음일 텐데 평소 먹는 밥자리에서 30여 미터 떨어진 거리인데도 용하게 찾아간다. 공간

지각 능력이 뛰어나다. 아님 후각으로 알아차리는 걸까?

"자, 많이 먹어."

일요일 저녁이라 다들 집에 있어서인지 다행히 오가는 차량들이 뜸하다. 밥 먹는 야옹이 엄마를 가만히 보니 배가 불룩하다. 새끼를 낳은 지 얼마 되지도 않았는데 또 임신을 했는지, 아니면 뭘 잘못 먹어서 그런지 신경이 쓰인다. 아침에 다시 내려가 보니 캔 한 접시를 싹 다 비운 걸 보아 크게 걱정은 안 해도 될 것 같다.

야옹이가 우리 집에 온 후 벌써 계절이 몇 차례 바뀌고 있다. 오늘 아침에는 함박눈이 내렸다. 새벽부터 눈이 내리기 시작했는지 공원은 이미 하얀 설원으로 변했다. 내리는 눈이 신기한지 야옹이가 캣타워에 엎드린 채 뚫어져라 창밖을 내다본다.

너는 무슨 생각을 할까? 추운 겨울 밖에서 고생하는 엄마 생각이 날까? 야옹이가 오늘밤 꿈속에서라도 엄마를 만났으면 좋겠다.

당당한 집사 선언

강의 자료 준비를 하는데 야옹이가 컴퓨터 책상 위로 올라와 내려갈 줄 모른다. 옆에 가만히 엎드려 잠들면 좋으련만 잠시도 가만있질 않는다. 키보드를 톡톡 건드려보기도 하고 모니터 뒤로 돌아가서 흔들어보기도 한다. 정신없이 굴지만 내쫓을 방법이 없다. 싫증이 나면 스스로 내려가겠지 생각하며 내버려둔다.

"실컷 놀아라. 그때까지 기다려 주마."

원고 수정을 하려고 컴퓨터 앞에 앉았는데 야옹이가 내 의자 뒤에 둔 다른 의자로 올라오더니 하염없이 잠을 잔다. 동그랗게 말린 몸은 완전한 타원을 이루었다. 저런 모습을 보고 암모나이트 화석의 이름을 따서 '냥모나이트'라고 부른다고들 한다.

마곡냥이들

팔로잉∨ 메세지

꽤 시간이 흘러서 야옹이가 잘 있나 하고 가끔씩 뒤를 돌아봐도 꿈쩍 않는다. 서너 시간이 지나도록 그 자세 그대로다. 작업을 방해하지도 않는다. 오늘은 야옹이가 훼방꾼이 아니라 든든한 나의 배후세력이다.

일을 마치고 소파에 앉아 책을 보는데 야옹이가 옆에 다가오더니 얼굴을 내 왼쪽 손등에 기대고 잠이 들었다. 손등을 통해 온기가 전해진다. 새삼 마음이 뭉클하다. 어느새 나한테 이렇게 의지하는 사이가 되었네. 손을 치우면 야옹이가 서운할까 봐 왼쪽 손은 얼음 자세로 가만히 두고 오른손만 바삐 움직였다.

야옹이는 책장 넘기는 소리에 간간이 깨어 기지개를 켜기도 하고 내 가슴으로 올라와 꾹꾹이도 한다. 그러다 또 잠이 든다. 잠든 야옹이의 모습이 그렇게 평화로울 수 없다. 함께한 시간이 길어지면서 어느새 나도 야옹이의 매력에 푹 빠져버린 모양이다.

일전에 작은딸이 고양이 키우는 사람들은 대부분 SNS의 프로필 사진을 고양이로 바꾼다고 한 적이 있었다. 이참에 나도 야옹이 사진으로 프로필 사진을 바꿨다. "나는 야옹이 집사다"라는 당당한 선언의 표시로.

이름을 준다는 것

2019년 여름, 야옹이에게 정식으로 이름을 붙여주기로 했다. 제 이름을 부르면 알아들을 정도의 분별력이 야옹이에게도 있다는 사실이 확인된 만큼, 고유한 이름을 지어줄 때가 된 것 같다는 게 가족 모두의 생각이었다. 이름은 '냥냥이'로 했다. 큰 딸이 지은 이름인데, 부르기도 편하고 '야옹이'와 발음도 비슷해서 만장일치로 결정했다.

이름을 지어줌으로써 야옹이는 완벽한 우리 가족이 되었다. 입양한 아이를 정식으로 호적에 올린 것 같은 묘한 기분이 들었다. 물론 습관이 되어서 그런지 새로운 이름을 지은 후에도 나는 그냥 야옹이라고 부른다. 아내도 마찬가지다. 하지만

큰딸과 작은딸은 금세 새 이름에 적응했는지 "냥냥아" 하고 불러 준다.

이름을 지은 기념으로 캣타워도 새로 하나 마련해 주었다. 원목으로 만들어 튼튼하기도 하고, 이전에 쓰던 것보다 높이도 더 높다. 처음에는 근처를 기웃거리기만 하더니 이내 익숙해져서 꼭대기까지 단숨에 오르기도 하고 네모 숨숨집 안에 들어가 자기도 한다.

야옹이 엄마(이제는 '냥냥이 엄마')는 밖에서 생활하지만 여전히 건강하다. 낮에는 마곡묘원 곳곳을 자유롭게 다니다가 저녁이 되면 마로니에 그늘 밑으로 꼬박꼬박 밥을 먹으러 온다. 한때 등에 있는 털이 딱딱하게 굳어서 피부병인가 하고 걱정했는데 사흘에 걸쳐 오징어 다리 찢듯이 뭉친 털을 가늘게 찢듯이 펴 줬더니 깨끗해졌다.

한 달 정도 자취를 감추어서 걱정한 적도 있었는데, 다시 나타났을 때는 TNR 표식으로 왼쪽 귀 끝이 조금 잘려 있었다. 그새 중성화 수술을 받은 모양이었다. 분명 아팠을 텐데 생각하니 가슴이 아팠지만, 더는 힘든 출산을 하지 않아도 되니 예전보다 건강하게 지낼 수 있으리라 생각하며 위로를 삼았다.

나의 리틀 포레스트

야옹이, 아니 냥냥이가 우리 집에 들어온 지도 몇 해가 흘렀다. 처음에는 납치되다시피 왔지만 지금은 포로가 아니라 어엿한 가족이다. 캣타워, 밥그릇, 물그릇, 모래상자, 스크래처, 장난감 등 집 곳곳에 냥냥이 물건들이 널려 있어서, 가끔은 우리가 고양이 집에 얹혀 사는 게 아닌가 싶기도 하다.

큰딸은 엄마 아빠 없이는 살아도 냥냥이 없이는 못 살 사람처럼 여전히 지극정성으로 보살핀다. 집에 있을 때 가장 많이 하는 말은 "냥냥이는?"이다. 출장이나 여행으로 한동안 집을 비울 때는 "아빠, 하루에 한 번씩 꼭 냥냥이 근황 사진을 찍어서 카톡 방에 올려!" 하고 명령 아닌 명령을 내린다. 우리 안부보다 고양이 안부가 더 궁금한 모양이다. 좀처럼 지갑을 잘 열지 않는 아이지만, 냥냥이를 위해서는 아낌없이 돈을 쓴다. 얼마 전 열린 고양이 페어에서 큰딸이 사 온 사료와 간식을 펼쳐 놓으니 거실이 가득 찰 정도였다.

작은딸은 어느덧 입시지옥에서 벗어나 대학생이 되었다. 아토피 때문에 아직도 방 출입은 금하지만, 대학생이 된 후 냥냥이와 노는 시간이 늘어난 덕분에 고양이를 향한 애정은 언니를 능가할 정도가 됐다.

냥냥이에 대한 아내의 태도는 그야말로 상전벽해라 할 만하다. 예전에는 툭하면 "이놈 시키"라는 말을 입에 달고 살더니, 요즘은 잠시라도 고양이가 안 보이면 "우리 야옹이, 어디 있니?" 하면서 집 구석구석을 돌아다닌다. 고양이 발톱에 긁혀 너덜너덜해진 소파를 볼 때마다 속상해 하더니 이제는 "그래, 마음껏 긁어라. 소파야 새로 사면 되지" 하고 쿨하게 넘어간다. 그러면 나도 한마디 거든다.

"맞아, 야옹이가 소파에는 스크래치를 남기지만 당신 마음의 스크래치는 없애주잖아."

처음과 달라져도 너무 많이 달라진 아내를 보면서 마냥 신기하기만 하다. 언제 우리 가족을 이렇게 바꿔놓았는지, 냥냥이가 마법사라도 되는 것 같다.

냥냥이 엄마에게도 기쁜 일이 생겼다. 오래전부터 녀석에게 정을 쏟았던 10층 아주머니가 결국 입양하기로 했단다. 비록 딸인 냥냥이와 함께 살지는 못하지만, 냥냥이 엄마도 따뜻한 가족을 만나 행복하게 살 거라고 생각하니 뿌듯하다.

큰딸 때문에 팔자에도 없는 집사가 되면서 내 삶도 많이 변했다. 냥냥이와 마곡묘원 길고양이들을 보살피는 일은 글을 쓰고 강의를 나가는 일처럼 자연스러운 일상이 되었다. 아침에 자고 일어나면 가장 먼저 냥냥이 물그릇을 갈아주고 화장실 모래 상자 두 곳을 치운다. 밥그릇이 비어 있으면 사료를 채워 놓고 지하 주차장에 길고양이가 먹을 밥과 물을 가져다 놓는다. 남의 눈에는 단조로운 일상의 반복처럼 보일지 모르지만, 나는 고양이를 돌보며 간소한 삶의 기쁨을 깨달았다. 그저 고양이들에게 먹을 것을 준 것뿐인데 녀석들은 마음의 평화를 선사해 주었다.

*

"온기 있는 생물은 모두 의지가 되는 법이야."

영화 《리틀 포레스트》에서 도망치듯 고향으로 온 혜원(김태리 분)에게 소꿉친구가 강아지를 건네며 했던 말이다. 배우 김태리는 이 영화를 찍고 나서 길고양이를 입양했다고 한다. 한 인터뷰에서 "당신의 리틀 포레스트는 무엇인가?"를 묻는 질문에 "고양이"라 답한 것을 보니, 누군가에게 평안을 주는 건 공간이 아닌 생명의 기운일 수도 있겠다 싶다. 돌아보니, 온기 있는 생명을 보살핀다는 건 나를 보듬는 일이기도 했다. 내 삶의 리틀 포레스트, 냥냥이가 가르쳐 준 것처럼.

글 / 박영규

장자와 노자, 고양이를 사랑하는 인문학자.
서울대학교 사회교육학과와 동 대학원 정치학과를 졸업하고,
중앙대학교에서 정치학 박사학위를 받았다.
한국승강기대학교 총장, 한서대학교 국제관계학과 대우교수,
중부대학교 초빙교수를 역임했다. 지은 책으로《인문학을 부탁해》,
《그리스, 인문학의 옴파로스》,《관계의 비결》,《다시, 논어》,
《욕심이 차오를 때, 노자를 만나다》,《존재의 제자리 찾기》,
《아주 기묘한 장자 이야기로 시작하는 자존감 공부》등이 있다.

그림 / 윤의진

강원도 강릉의 작업실에서 세 마리 고양이와 함께 살면서,
온기로 가득한 색연필 그림을 그리고 책을 만든다. 만든 책으로
《동쪽 수집》,《고양이 수목원》,《만두씨》,《그리움에 관하여》가 있고,
그림에세이《세상의 모든 위로》에 공저자로 그림을 그렸다.

나의 리틀 포레스트

ⓒ2020. 박영규
ⓒ2020. 윤의진

초판 1쇄 인쇄 2020년 8월 3일
초판 1쇄 발행 2020년 8월 10일

글	박영규
그림	윤의진
펴낸이	고경원
편집	고경원
디자인	131WATT

펴낸곳	야옹서가
출판등록	2017년 4월 3일(제2020-000107호)
주소	서울시 마포구 월드컵북로 400, 5층 23호
전화	070-4113-0909
팩스	02-6003-0295
이메일	catstory.kr@gmail.com

ISBN 979-11-961744-9-1 (03810)

이 도서의 국립중앙도서관 출판예정도서목록(CIP)은 서지정보유통지원시스템 홈페이지
(http://seoji.nl.go.kr)와 국가자료종합목록 구축시스템(http://kolis-net.nl.go.kr)에서
이용하실 수 있습니다. (CIP제어번호 : CIP2020030754)